Thomas Kopal

Mehr Zeit
für mich

Das Zeitmanagement-Buch
für Eltern

CHRISTOPHORUS
ELTERN

Gesamtherstellung: Hampp Verlag, Stuttgart

Titelfoto: Photonica / Gruner + Jahr
Fotos: Eric Schaible
Illustrationen: Michael Luz
Satz: pws Print und Werbeservice Stuttgart
Layoutentwurf und Umschlaggestaltung:
communicate, Stuttgart
Druck: Franz-Spiegel-Buch, Ulm

ISBN: 3-419-53372-1

Inhalt

Einführung – Mütter und Väter in Zeitnot

Ist es nicht ein Widerspruch? Sie haben keine Zeit, und trotzdem haben Sie sich ausgerechnet für ein Buch entschieden, wo doch das Lesen auch Zeit braucht. Aber gerade das ist ja eine Investition in die Zukunft. Ich will Ihnen hier eine ganze Reihe an Tips, Tricks, Taktiken und Ratschlägen geben, wie Sie als Mutter oder Vater besser mit der Ihnen zur Verfügung stehenden Zeit umgehen können.
Aber keine Sorge, denn Sie werden ganz sicher nicht mit den üblichen „Wie-kann-ich-das-und-das-schneller-machen"-Tips überhäuft. Es geht in diesem Buch um zweierlei: Erstens sollen Sie die Ihnen zur Verfügung stehende Zeit besser nutzen. Und zweitens soll die nun geschaffene freie Zeit so erfüllt werden, daß die eigene Lebensqualität steigt.

Ziel eines Zeitbuches für Eltern kann es nicht sein, das Windelwechseln noch effizienter zu besorgen, um so noch mehr Zeit für die Bügelwäsche hereinzuholen. Es geht darum, Ihre ganz persönliche Zufriedenheit zu erhöhen. Das kann auch bedeuten, das individuelle Tempo zu drosseln und dem Zwang zu entrinnen, jede Sekunde noch besser auspressen zu müssen.

Den ganz normalen Alltag zu bewältigen – das bedeutet eine enorme Herausforderung für alle Eltern. Denn zwischen Kindern,

Küche und Karriere bleibt häufig weder für Mütter noch für Väter Zeit und Raum für eigene Wege. Verschärft wird dieser Zustand noch dadurch, daß jetzt eine ganze Reihe gut ausgebildeter Frauen auf den Arbeitsmarkt drängen. Viele von Ihnen haben zu Recht das Bedürfnis, Karriere zu machen und Kinder zu bekommen. Aber es gibt für diesen steinigen Weg derzeit nur wenige attraktive Beispiele. Die gutverdienende Fernsehmoderatorin mit freier Zeiteinteilung, Haushälterin, Kindermädchen und tolerantem Ehegatten ist erstens die Ausnahme und zweitens nur bedingt ein Vorbild für diese Frauen. Wer heute versucht, diese unterschiedlichen Lebensbereiche auszufüllen, dem bläst nicht nur der Wind der knappen Zeit heftig um die Ohren.

Zu viele Dinge wollen gleichzeitig erledigt werden. Die Verantwortung für die Kinder ist groß, und die Zeit, die bleibt, schmilzt wie Schnee in der Sonne. Daher leben viele Eltern ständig am Rande ihrer Kräfte. Sie verzehren sich in Streit und Streß und leiden unter Druck und sinnlosen Auseinandersetzungen.

Eigentlich ist dieser Zustand kein Wunder, denn keine Schule, keine Universität bringt uns das Einmaleins des erfolgreichen Umgangs mit uns selbst bei. Der richtige Umgang mit der Zeit ist offensichtlich ein Teil unserer sozialen Intelligenz. Daß dabei weniger manchmal mehr ist, daß Abstand von der Hektik und Gelassenheit gegenüber dem Alltag einen inneren Reichtum bescheren, ist eine Kunst, die wir uns erst selbst beibringen müssen. Wir haben die Wahl, entweder rettungslos im Zeitstrudel zu versinken, zu sehen, wie die zu erledigenden Berge sich immer höher türmen, oder Zeit zu haben für sich und die Familie, für die schönen und angenehmen Seiten des Lebens. Wir selbst müssen Raum und Zeit für uns schaffen – die Dinge an sich werden es mit Sicherheit nicht tun.

Ich muß Ihnen aber auch Wasser in den Wein gießen: Ganz ohne Mühe und Anstrengung wird es Ihnen nicht gelingen, aus der

Zeitfalle zu entkommen. Denn eine wichtige Voraussetzung, die Sie mitbringen müssen, ist Selbstdisziplin. Sie müssen sich selbst an die Leine nehmen und ein Stück Freiheit aufgeben, nämlich das unorganisierte Sich-durch-den-Tag-treiben-Lassen. Viele große Staatsmänner und Schriftsteller beschreiben in ihren Erinnerungen die Wirkung von Disziplin auf ihr Lebenswerk, denn nur mit Disziplin hatten sie Zeit für alles Wichtige und Wesentliche. Denken Sie an das berühmte Zitat von Erich Kästner: „Es gibt nichts Gutes, außer man tut es." Selbst die besten Ratschläge verpuffen, wenn sie nicht in die Tat umgesetzt werden.

Ihre persönlichen Anforderungen im Familienalltag

Kein Familienalltag gleicht dem anderen: zu unterschiedlich sind die Voraussetzungen, zu verschieden die individuellen Anforderungen. Viele Familien stecken zunehmend in der Zeit-Klemme, zerrieben zwischen Karriere, Kindern und der Betreuung pflegebedürftiger Elternteile. Sicher spielt es für das individuelle Zeitmanagement ebenso eine große Rolle, ob Familien im gewachsenen Umfeld eines Dorfes oder einer Kleinstadt leben oder ob sie mit der hektischen Umtriebigkeit einer Großstadt konfrontiert sind.

Verschieden und doch gleich

Ob in eher ländlichen Gebieten oder in der zunehmenden Anonymität der Großstadt – die Probleme und Schwierigkeiten junger Familien gleichen sich dennoch. Eltern fühlen sich heute einer Vielzahl von Konflikten und Belastungen ausgesetzt, aus denen es scheinbar kein Entrinnen gibt. Sie sind, wie Manager in großen Betrieben, von „Zeitfressern" umgeben. Kinder, Hausarbeit, Telefonate und Termine bringen sie zum Rotieren. Die Verantwortung, die scheinbar nicht enden wollende Arbeitsmenge sowie die ständigen kleinen Fehlschläge bringen Streß. Häufig haben Eltern auch das Gefühl, durch die vielen Störungen nichts richtig zu Ende bringen zu können. Kaum nimmt man das Bügeleisen in die Hand, hat sich der Kleine schon wieder von oben bis unten mit Saft bekleckert.

Die Modelle fehlen

Zwischen Arbeit und arbeitsfreier Zeit herrscht ein ständiger Konflikt. Die Belastungen in den Jobs sind enorm gestiegen, und die Zeiten, die für Beruf, Überstunden und Karriere draufgehen, fehlen sowohl den Kindern als auch dem Partner und nicht zuletzt einem selbst.

Vor der Frage, ob sie beruflich aussteigen oder so richtig durchstarten wollen, stehen heute viele junge, gut ausgebildete Mütter und Väter. Der Karriere-Weg bedeutet lange Arbeitstage, kurze Wochenenden, kaum Urlaub und ziemlich viel Streß. Die Familienbelange müssen den Firmeninteressen untergeordnet werden. Der Kinder-Abstellgleis-Weg bedeutet, daß ein Familienteil im Rahmen der Kindererziehung auf Karriere verzichtet und sich im Zweifelsfalle lebenslang mit einem unterqualifizierten Job zufriedengeben muß, in dem an ein berufliches Weiterkommen ebensowenig zu denken ist wie an ausreichende Verdienstmöglichkeiten und soziale Absicherung im Alter. Auch dieser Weg ist unbefriedigend, und zwar sowohl für die betroffenen Mütter und Väter als auch für die Betriebe, denen ein Teil der Kapazitäten und Fähigkeiten dieser Mitarbeiter verlorengeht.

Ein Ausweg aus dieser verfahrenen Situation ist derzeit gesellschaftspolitisch jedenfalls nicht in Sicht. Auch wenn die Rufe nach Jobsharing, Teilzeitarbeitsplätzen oder Home-Office immer lauter werden, ist die Umsetzung dieser Modelle in der Praxis immer noch die Ausnahme. Jeder Familie bleibt es also selbst überlassen, einen Weg zu einem Leben zu finden, in dem es eine Zeit für Arbeit, eine Zeit für die Kinder, eine Zeit für den Partner und eine Zeit für die persönlichen Belange gibt. Auf diesem Weg wollen wir Sie unterstützen.

Zeit ist nicht gleich Zeit

Was ist das eigentlich, Zeit? „Ganz einfach“, werden viele von Ihnen sagen, „Zeit ist das, was ich auf meiner Uhr ablesen kann.“ Und viele werden hinzufügen: „Und etwas, wovon ich viel zu wenig habe, dem ich ständig hinterherrenne.“

Viele Philosophen und Forscher haben sich über die Jahrhunderte mit dem Phänomen Zeit auf den unterschiedlichsten Ebenen auseinandergesetzt. Dabei bleibt die Frage, ob Zeit etwas ist, das auch außerhalb unserer Vorstellungswelt als etwas Reales existiert, oder ob Zeit eben nur ein Konstrukt des menschlichen Geistes ist. Wie relativ Zeit sein kann, hat zum erstenmal in der Geschichte der Menschheit der berühmte Physiker Albert Einstein bewiesen. Er hat damit die Auffassung Newtons widerlegt, nach der Zeit eine eigene Natur hat und ohne Beziehung zu etwas Äußerem gleichmäßig dahinfließt. Zeit kann, und das haben die Astronautenflüge mit modernsten Atomuhren nachgewiesen, verschieden schnell ablaufen. Gibt es also eine objektive Zeit die auch ohne uns besteht, oder nicht? Die Frage ist zumindest unter Wissenschaftlern noch nicht entschieden.

Sehr wohl aber gibt es einen subjektiven Zeitbegriff, der von uns Menschen gemacht wurde. Denken Sie nur an die sehr unterschiedlichen Lebenszeiten von Tieren und Pflanzen, etwa die Eintagsfliege und die hundertjährige Eiche. Oder an die Evolutionsgeschichte, in der Entwicklungen über Jahrmillionen stattfanden.

Was also ist Zeit? Fest steht: Ohne uns Menschen gibt es keinen Zeitbegriff, wir haben ihn geschaffen und statten ihn mit unseren Phantasien, Träumen und Ängsten aus.

Wir haben Zeitmeßsysteme geschaffen, von der babylonischen Mondeinteilung über die Sonnenuhren der Griechen und Ägypter bis hin zur Erfindung der Uhr im 19. Jahrhundert. Die meisten Menschen empfinden Zeit als einen Ablauf, der von der Vergangenheit über die Gegenwart in die Zukunft gerichtet ist. Dabei liegt der Schwerpunkt auf dem noch Kommenden: auf der nächsten Gartenparty, dem nächsten Urlaub, der beruflichen Beförderung ...

Solch eine Vorstellung von Zeit ist aber verhältnismäßig neuen Ursprungs. Die vielen steinernen Zeugnisse alter Kulturen, beispielsweise die Megalithkulturen Mitteleuropas, belegen eindrücklich, daß sich die Menschen am Laufe der Gezeiten, an den Tages- und Jahreszeiten, am Lauf der Sterne und an der Natur orientierten. Sie hatten noch ein Gefühl dafür, wann der richtige Zeitpunkt war, etwas Bestimmtes zu tun. Waren sie unsicher, wurden Schamanen oder Priester zu Rate gezogen. Reste dieser alten Zeitregeln finden sich heute noch, beispielsweise im landwirtschaftlichen Umfeld, bei der Heuernte, in der Seefahrt, wenn man sich nach Wind, Wetter und Tidenhub richten muß, aber auch in vielen verschiedenen Sportarten wie beim Segelfliegen.

Heute jedoch regiert bei den meisten Menschen das Diktat des Kalenders und der Uhr. Jeder Tag, die Woche und das Jahr sind vollgestopft mit Terminen aller Art, so daß Zeit zu haben ein beinahe unerschwinglicher Luxus zu sein scheint. Daher versprechen uns die Zeitplaner aller Orten, mit „Time Management" die Zeit besser in den Griff zu bekommen. Sicherlich können solche Zeitplaner die vorhandene Zeit besser verplanen und uns Werkzeuge in die Hand geben, wie wir uns wirksamer selbst an die Kandare nehmen können. Eines aber können uns auch diese Techniken nicht lehren: Was wir mit der so mühsam „gewonnenen" Zeit denn tun sollen?

Es ist nicht der Sinn dieses Buches, Ihnen zu zeigen, wie Sie durch sinnvolle Zeitplanung Zeit sparen und immer noch mehr Aktivitäten in diese entstandenen Löcher stopfen können. Wir wollen Ihnen vielmehr Anregungen für einen gänzlich neuen und entspannteren Umgang mit Ihrer Zeit geben.

Gedanken zur Freizeit

Mag sein, daß unsere Terminkalender gefüllt sind, erfüllt, wie der Zeitforscher Karlheinz A. Geißler anmerkt, sind sie meist nicht. Das eigentliche Problem liegt darin, daß wir die Zeit nicht besitzen können. Sie existiert unabhängig von uns und läßt sich nicht einfach haben. Neuere soziologische Ansätze vertreten eine Wiederentdeckung der Langsamkeit, in der die Erwerbsarbeit immer weniger wird und damit auch der Freizeitstreß abnehmen wird.

Hier wird Muße als das Lebensziel angesehen, und in den USA gibt es bereits Gruppen, die beispielsweise zum Konsumverzicht aufrufen.

Letzten Endes aber bleibt die Entscheidung, was man mit seiner gewonnenen und freien Zeit machen möchte, jedem selbst überlassen. Und manchmal sind gestreßte Mütter und Väter ja schon glücklich, zwischen Kindern, Küche und Karriere einmal aufatmen zu können.

Prüfen Sie Ihre Zeitanforderungen mit „Mind-Mapping"

Um zu einem neuen Umgang mit der Zeit zu gelangen, sind einige Änderungen in Ihrem bisherigen Umgang mit dem Terminkalender notwendig. Der erste Schritt auf diesem Weg ist dabei ein äußerst kreativer. Dazu sollen Sie, als Vater oder Mutter, sich Ihrer vielfältigen Anforderungen und Zwänge im Alltag bewußt werden. Fliegen Sie wie ein Adler über Ihr Leben, und nehmen Sie die unterschiedlichen Lebensbereiche und Rollen gewissermaßen unter die Lupe. Um das auch optisch auf einen Blick sichtbar zu machen, bedienen wir uns einer äußerst schöpferischen und ganzheitlichen Methode, einer Art geistigen Landkarte. Dieses sogenannte „Mind-Mapping" wurde von dem Gedächtniskünstler Tony Buzan erfunden. Sie kommen damit ganz einfach zu Rande: Auf ein großes, leeres Blatt zeichnen Sie in der Mitte ein Oval, in das Sie „meine Zeitanforderungen" hineinschreiben. Von diesem Oval aus zeichnen Sie Äste ein, die sich immer mehr verzweigen können. Auf die Äste schreiben Sie, was Ihnen zu den verschiedenen Bereichen einfällt: Kinder, Partnerschaft, Arbeit, Hobbys, Haushalt, Wäsche ... Solch eine geistige „Landkarte" sieht natürlich ganz individuell aus. Die nachfolgende Abbildung dient nur als Muster.

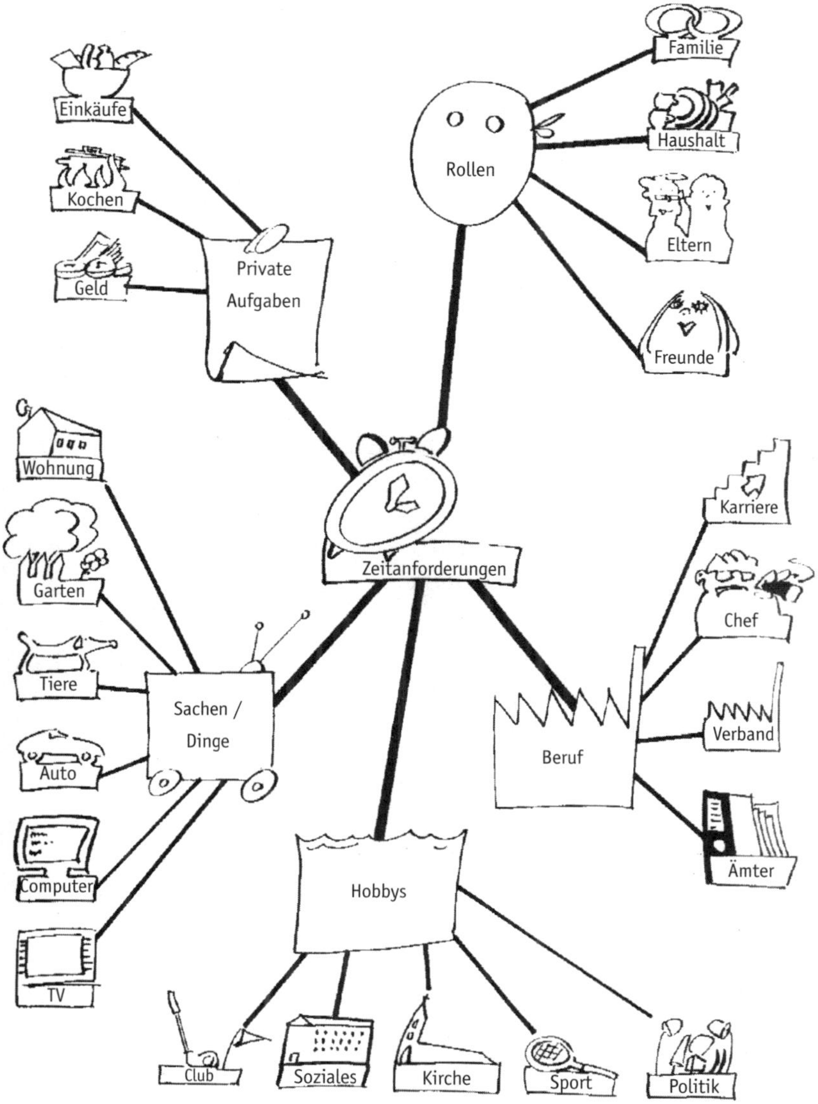
Zeitanforderungen
Rollen
Familie
Haushalt
Eltern
Freunde
Private
Aufgaben
Einkäufe
Kochen
Geld
Sachen /
Dinge
Wohnung
Garten
Tiere
Auto
Computer
TV
Beruf
Karriere
Chef
Verband
Ämter
Hobbys
Club
Soziales
Kirche
Sport
Politik

Nun sind Sie an der Reihe: Zeichnen Sie sich eine „Gehirnkarte“ mit all ihren Anforderungen, Belastungen, Aufgaben, Ämtern, Hobbys und Vorlieben ähnlich der untenstehenden Grafik. Versuchen Sie, an alles zu denken. Dabei können Sie Ihre persönlichen, gegenwärtigen zeitlichen Schwerpunkte besonders herausheben und größer machen oder auch markieren.

Und nun beantworten Sie sich folgende Fragen:

- Wo genau liegen Ihre zeitlichen Schwerpunkte im Moment? Für was benötigen Sie am meisten Zeit?
- Wann erledigen Sie welche Aufgaben? Am Vormittag, am Nachmittag, am Abend?
- Welche Aufgaben kosten Sie im Verhältnis zu anderen sehr viel Zeit?
- Geht das möglicherweise auf Kosten von anderen Bereichen, die dadurch zu kurz kommen?
- Möchten Sie daran gerne etwas ändern? Wenn ja, was?
- Finden Sie, daß Ihre gegenwärtige Zeit- und Aufgabenverteilung irgendwie schief hängt?
- Welche Aufgaben machen Ihnen Spaß, was tun Sie ziemlich ungern?
- Für welche Tätigkeiten (z. B. Hobbys) hätten Sie gerne mehr Zeit?

Legen Sie die Antworten zur Seite. Wir werden in den einzelnen Kapiteln jeweils darauf zu sprechen kommen.

Stärken und Schwächen feststellen – Eine Übung

Nicht alle Menschen können alles gleich gut oder haben dieselben Schwächen. So banal dies klingt, ist es doch im Alltag von entscheidender Bedeutung. Denn Zeit sparen und Lebensqualität gewinnen läßt sich nur, wenn wir uns unserer ganz persönlichen Stärken und Schwächen bewußt sind und sie in die Bewältigung des Alltags einbauen. Was nützt es uns, ein guter Mechaniker zu sein, wenn wir aufgrund einer Beförderung plötzlich nur noch mit kaufmännischen Problemen konfrontiert werden? Was bringt ein Urlaub in den Bergen, wenn man nicht schwindelfrei ist? Wir werden unglücklich, kämpfen an falschen Fronten und verbrauchen viel sinnlose Zeit und Energie.

Deshalb sollten Sie Ihre ganz persönlichen Stärken und Schwächen kennenlernen. Denn nur so machen Sie sich mit Ihren Fähigkeiten und Fertigkeiten vertraut. Gleichzeitig sehen Sie aber auch ganz offen, wo Ihre Defizite liegen. Ihre Stärken können dann im Alltag bewußt eingesetzt werden. An den Schwachstellen sollten Sie gezielt arbeiten oder lernen, mit ihnen umzugehen.

Fragen Sie sich zunächst einmal, welche Stärken Sie haben. Dazu gehört beispielsweise, daß Sie bestimmte Aufgaben besonders gut bewältigen oder Ihnen manches gut von der Hand geht. So sind einige Mütter oder Väter beispielsweise perfekte Planer und Organisatoren, während andere gerne experimentieren und Neues ausprobieren.

Ein anderes Beispiel ist der Umgang mit Geld. Manche Mütter haben die Ausgaben mit Hilfe von Haushaltsbüchern fest im Griff, während andere ohne große Planung mit einer gewissen Nonchalance jeden Monat über die Runden kommen. Oder nehmen wir das Thema Einkaufen: Viele Mütter und Väter schaffen es einfach nicht, eine Wochenplanung vorzunehmen und zumindest einmal die Woche einen größeren Grundeinkauf vorzunehmen, der zudem die Haushaltskasse entlasten könnte. Statt dessen rennen sie jeden Tag los, um gerade ausgegangene Grundnahrungsmittel im Laden um die Ecke teuer zu erstehen.

Fragen Sie sich, in welchen Situationen diese Fähigkeiten und Fertigkeiten auftauchen. Gilt das nur für den Urlaub oder auch beim täglichen Einkauf?

Eine Voraussetzung dafür ist die regelmäßige Beobachtung Ihres Verhaltens. Leisten Sie sich ein größeres Notizheft, in das Sie Ihre Eintragungen vornehmen. Gliedern Sie Ihre Beobachtungen nach den an Sie gestellten Aufgaben, nach Stärken und Schwächen und nach den Folgen, die Ihr Verhalten in diesem Fall hatte. Vielleicht bitten Sie ja auch eine Vertrauensperson, Ihr Verhalten zu beobachten und Ihnen in bestimmten Situationen sozusagen einen Spiegel vorzuhalten. Das erweitert den Blickwinkel und führt zu zuverlässigeren Ergebnissen.

Also etwa so:

- Datum: 12.7.
- Aufgaben: Konkrete Urlaubsvorbereitung
- Stärken: Es fällt mir leicht, einen Urlaub zu planen. Dinge, die vor mir liegen, kann ich gut strukturieren. Außerdem kann ich dann auch Aufgaben an alle verteilen, so daß ich mich nie überlaste.
- Folge: Die ganze Familie fährt entspannt und ohne Streß in den Urlaub.

Im folgenden wollen wir Ihnen an vier ausgewählten Personen einmal zeigen, wie so eine Analyse möglicher Stärken und Schwächen, die zueinander gehören, aussehen könnte.

1. Anja

Stärke

- Ich bin kreativ und kann auch schwierige Situationen noch gewinnbringend entschärfen. Dabei ziehe ich andere mit.

Schwäche

- Es fällt mir schwer, bestimmte Gegebenheiten vorherzusehen, und ich gerate dabei oft in Schwierigkeiten, die ich dann durch meine gewinnbringende Art aber wieder entschärfe. Trotzdem will ich an dieser Fähigkeit, vorausdenkend zu planen und zu handeln, arbeiten.

2. Michael

Stärke

- Es fällt mir leicht, mich schnell in neue Situationen hineinzuversetzen. Ich kann mich hineindenken und anstehende Probleme gut und schnell lösen.

Schwäche

- Ich kann nichts abgeben. Immer habe ich das Gefühl, daß nur ich die Dinge richtig perfekt machen kann. Wenn andere meine Aufgaben übernehmen, fühle ich mich nutzlos und finde immer etwas daran auszusetzen. Oft komme ich deswegen in ziemliche Schwierigkeiten und gerate unter Termindruck, mache viele Überstunden und werde trotzdem mit der Arbeit nicht fertig.

3. Benjamin

Stärke

- Ich bin ein schneller Arbeiter. Viele Dinge gehen mir flott von der Hand, und ich bin diszipliniert. Ich stehe morgens früh auf und habe um die Mittagszeit sehr viel weggearbeitet. Ich bin absolut verläßlich, sehr genau und ordentlich, manchmal vielleicht etwas zu penibel.

Schwäche

- Wenn es ums Durchsetzen geht, habe ich so meine Probleme. Andere Menschen können mir leicht auf der Nase herumtanzen und mich ausnutzen, selbst innerhalb der eigenen Familie ist das so. Es mangelt mir an Selbstbewußtsein, und deswegen bin ich schnell in der Opferrolle.

4. Karin

Stärke

- Ich habe keine Probleme damit, Aufgaben abzugeben, an andere zu delegieren. Das verschafft mir Luft, und in dieser Zeit kann ich mich neuen Tätigkeiten oder einfach nur mir selbst widmen. Sicher machen andere dabei ab und an Fehler, aber auch ich bin ja nicht unfehlbar, also bin ich in bestimmten Grenzen tolerant.

Schwäche

- Ich neige dazu, mich in den Tag hinein treiben zu lassen. Aufgaben erledige ich, wie sie kommen, und das führt manchmal zu einem chaotischen Durcheinander. Da fahre ich dann schon mal mehrfach am Tag wegen ein paar Besorgungen in die Stadt. Dabei verbrauche ich ziemlich viel Zeit, die mir dann trotz der Delegationen wieder fehlt.

Und nun zu Ihnen

Notieren Sie in Ihr Heft, bei welchen Aufgaben Sie immer wieder das Gefühl haben zu versagen. Wo gibt es regelmäßig Reibungspunkte mit Ihrem Partner, mit den Kindern, mit Arbeitskollegen oder dem Vorgesetzten? Was klappt einfach nicht so, wie es sollte?
Tragen Sie auch hier offen und ehrlich zusammen, wo Ihre Schwierigkeiten liegen.

Also beispielsweise:

- Datum: 24.9.
- Aufgaben: Unser achtjähriger Sohn hat seit kurzem Schwierigkeiten in der Schule, und die Lehrerin hat mich aufgefordert, mit ihm zu üben.
- Schwächen: Ich schaffe es einfach nicht, den Haushalt in Schwung zu halten und mit meinem Sohn auch noch Hausaufgaben zu machen, zumal er immer will, daß ich danebensitze. Das kostet mich zuviel Zeit und Nerven.
- Folge: Ich fühle mich überlastet und schreie mein Kind an. Der Haushalt gerät aus den Fugen, und am Ende bekomme ich auch noch Streit mit meinem Partner.

Was Sie ändern können

Sie haben nun mit der individuellen geistigen Landkarte Ihrer Lebensbereiche und den Rollenanforderungen sowie mit der Analyse Ihrer Stärken und Schwächen zwei wirksame Werkzeuge an die Hand bekommen. Mit ihrer Hilfe können Sie Ihre Zeitplanung und Ihren Zeitbedarf neu überdenken.

Behalten Sie die Karte im Auge! Wenn Sie am Ende des Buches angekommen sind, sollten Sie sie noch einmal anlegen und sich dann fragen, ob sich bei der zeitlichen Einteilung Ihrer Lebensbereiche nicht Verschiebungen ergeben haben. Vielleicht ist die umfangreiche ehrenamtliche Tätigkeit ja zugunsten der Kinder zusammengeschrumpft. Oder Sie haben gelernt, ungeliebte Hausarbeiten zu delegieren und die gewonnene freie Zeit lieber mit Ihrem Partner zu verbringen.

Legen Sie sich Ihre Antworten auf die gestellten Fragen sowie Ihre Stärken und Schwächen parat, wenn Sie, wie auf den Seiten 85-98 vorgeschlagen, einen persönlichen Tagesplan machen. Schließen Sie die Augen, und fragen Sie sich: Ist es wirklich sinnvoll, eine Tätigkeit wie Bügeln, die ich sowieso nicht mag, ausgerechnet am Morgen einzuplanen, zu einem Zeitpunkt, wo ich mich viel besser konzentrieren und etwa den Kindergeburtstag planen könnte?

Sie werden sehen: Viele scheinbar kleine und alltägliche Eingriffe in Ihre Planung werden sich summieren und Ihnen neue und ungeahnte Freiheiten verschaffen. Und Sie werden sich vor die Frage gestellt sehen: Was tue ich denn mit meiner freien Zeit?

Wie es weitergeht

Nun wissen Sie schon ein bißchen mehr über Ihre persönlichen Anforderungen und Zwänge im Alltag Bescheid. Eine Situation auf diese Weise zu untersuchen, hat viele Vorteile. Vor allem bekommen Sie einen Überblick, den man sonst im Gedränge des Alltags leicht verliert. Sie wissen nun auch, wie Sie auf bestimmte Situationen reagieren, warum Sie sich vielleicht überlastet fühlen oder warum manche Dinge Ihnen locker von der Hand gehen. Sie werden sehen: In den folgenden Kapiteln finden Sie viele Ihrer Stärken und Schwächen wieder. Lernen Sie, mit Ihnen umzugehen! Setzen Sie Stärken im Alltag ganz bewußt ein, und versuchen Sie, Ihre Schwächen auszugleichen. Damit sparen Sie nicht nur Zeit, sondern werden auch viele, bislang schwierige Situationen besser meistern. Und das erhöht die Lebensqualität entscheidend.

Wie Sie Zeit sparen können – und zwar sofort

Die Kinder, der Partner, alle wollen ständig etwas von uns – und das am besten sofort und alle auf einmal. Da kann auch schon mal die beste Mutter oder der beste Vater ausrasten und in Panik geraten. Dagegen hilft der folgende Crashkurs zum Thema „Zeit gewinnen". Alle angesprochenen Themen werden in den folgenden Kapiteln noch einmal ausführlich erörtert. Hier finden Sie zuvor die wichtigsten Regeln im Überblick.

Befreien Sie sich aus der Zeitfalle

Heute abend kommen viele Gäste, und ich habe mir vorgenommen, ein ausgeklügeltes Menü zu kochen. Die Zutaten, so dachte ich, hätte ich alle schon besorgt, bis mir bei der Vorbereitung auffiel, daß ich den frischen Ingwer vergessen hatte. Also, mit den Kindern ab ins Auto und in den nächsten Feinkostladen. In was für eine Hektik bin ich geraten! Bis das Essen fertig war, war ich schweißgebadet und konnte nichts mehr genießen.

Hand aufs Herz: Wie oft mußten Sie feststellen, daß Sie sich selbst durch eine chaotische und unüberlegte Handlungsweise, durch schlechte Vorbereitung oder fehlende Planung ein Bein gestellt haben und in die Zeitfalle getreten sind. Sie sind nicht das Opfer widriger Umstände, sogenannter Zeitkiller oder Zeitfresser, die Ihnen Ihre kostbare Zeit stehlen, sondern Sie sind Ihres eigenen Zeitglückes Schmied.

Legen Sie sich selbst an die Leine, und denken Sie noch einmal an Ihre Stärken und Schwächen. Einen Mangel an planerischer Voraussicht kann man in solch einer Situation mit kreativer Kochkunst wieder wettmachen. Oder gleichen Sie Ihre Schwäche aus, indem Sie sich mit Hilfe einer Memotechnik (siehe Seiten 99-112) auch wirklich alle benötigten Zutaten vor dem Einkauf merken.

Bereiten Sie sich richtig vor

Dieses Beispiel eignet sich übrigens sehr gut, um gleich den nächsten Punkt anzusprechen: **die richtige Vorbereitung.** Gehören Sie auch zu den Menschen, die sich einfach ins tägliche Getümmel stürzen, um dann am Abend erschöpft und ernüchtert festzustellen, daß sie nicht einmal einen Bruchteil der zu erledigenden Aufgaben geschafft haben? Überlegen Sie doch: Ist denn solch ein aufwendiges Essen wirklich notwendig? Können Sie das überhaupt alleine leisten? Welche Aufgaben könnten Sie an andere delegieren? Vielleicht können Sie ja Helfer einspannen, beispielsweise beim Einkaufen, beim Tischdecken, Vorbereiten oder Abwaschen? Und dann setzen Sie sich hin und lassen das ganze Fest im Geiste in Ihrem Kopf ablaufen. Was brauchen Sie dazu, was fehlt noch? Was läßt sich eventuell schon tags zuvor einkaufen und vorbereiten, so daß Sie am Festtag entlastet sind?

Nehmen Sie sich nicht zuviel vor

Es ist Freitag nachmittag, und ein wunderbares, erholsames Wochenende könnte vor Ihnen liegen. Wenn Sie sich nur nicht wieder so viel vorgenommen hätten: Der Rasen muß gemäht und die Bäume müssen geschnitten werden. Im Haus sind zwei Zimmer neu zu streichen, und in das Auto sollten unbedingt die neuen Lautsprecher eingebaut werden. Außerdem wollen die Kinder in den Zoo, und Ihr Partner möchte, daß Sie die neuen Gardinenstangen endlich anbringen.

Unbestritten: Das ist für ein Wochenende zuviel. Dabei könnte alles so einfach und harmonisch ablaufen, wenn Sie es nur schaffen würden, sich realistische Ziele zu setzen. Auch hier hilft ein Blick auf Ihre Stärken und Schwächen. Wer handwerklich zwei linke Hände hat, sollte den Einbau der Lautsprecher, das Streichen des Zimmers und das Anbringen der Gardinenstange unbedingt in fachkundige Hände geben. Dann bleibt noch die Gartenarbeit, die Sie dagegen gerne und mit Muße tun, und der Zoobesuch mit den Kindern, auf den Sie sich schon seit Wochen freuen. Beides können Sie in überschaubare Tagesportionen aufteilen und geraten so nicht in Streß.

Stellen Sie sich doch einmal vor, man würde einem Studenten den ganzen Lehrplan von vier Jahren Studium auf einmal vorsetzen. Vor solch einem unüberwindlichen Hindernis würde noch der Ehrgeizigste, Intelligenteste und Fleißigste kapitulieren.

Wählen Sie sorgfältig aus

Die Hausaufgaben der Kinder müssen unbedingt beaufsichtigt werden, sonst gibt es Ärger mit dem Lehrer. Für den Grillabend mit Freunden müssen die Grillkohle und das Fleisch besorgt werden. Außerdem ist die Waschmaschine zu leeren und die Wäsche aufzuhängen, während gleichzeitig das Wasser für die Kartoffeln überkocht. Nun klingelt es auch noch an der Haustüre.

Wie so oft haben Sie das Gefühl, in solchen Situationen im Chaos zu versinken, und auf der Streßskala stehen Sie schon wieder ganz oben. Zu viele Dinge wollen gleichzeitig bedacht werden und erfordern scheinbar Ihre volle Konzentration. Dabei sollten Sie sich in solch einer Lage vor Augen führen, was jetzt wirklich wichtig ist. „Dringend“ dürfen Sie aber nie mit „wichtig“ verwechseln, denn dringend sind oft von außen gesetzte Zwänge, also das Klingeln an der Haustüre.

Teilen Sie die vor Ihnen liegenden Aufgaben nach wichtigen, weniger wichtigen und unwichtigen ein, und setzen Sie Prioritäten!

Oft versuchen wir, zuviel auf einmal zu tun, und laufen dann Gefahr, uns völlig zu verzetteln. Dabei bleiben dann wichtige

Dinge häufig liegen, während Unwichtigem zu viel Zeit zugewendet wird.

Versuchen Sie vielleicht schon morgens, die Aufgabenflut an Ihrem geistigen Auge vorbeiziehen zu lassen, und seien Sie äußerst streng. Fragen Sie sich, was wirklich wichtig ist, und was nicht. Vielleicht haben Sie ja damit Ihre liebe Not und können nicht so einfach zwischen Wichtigem und Unwichtigem trennen. Dafür gibt es eine einfache Lösung:

Fragen Sie sich, was es denn für Konsequenzen hätte, wenn Sie eine Aufgabe nicht erledigen können.

Häufig lautet die Antwort „Es hat keine Konsequenzen". Also streichen, und vergessen Sie es!

Planen Sie Pufferzeiten ein

Oh, nicht schon wieder! Sie haben einen Termin beim Steuerberater, und die Kinder müssen vorher zur Oma. Bis Sie alle Unterlagen parat haben, die Kinder für das Regenwetter richtig angezogen sind und im Auto sitzen, sind Sie nicht nur völlig durchgeschwitzt, sondern auch knapp dran. Und nun auch noch dieser Stau vor der Baustelle. Den Termin können Sie glatt vergessen.

Stellen Sie sich einmal vor, wieviel Zeit Sie, egal ob Mann oder Frau, morgens für die Morgentoilette brauchen: Zähne putzen, duschen, Haare fönen, anziehen, schminken oder rasieren. Wenn Sie Ihre Vorstellung einmal mit der wirklich verbrauchten Zeit vergleichen, werden Sie merken, daß Sie sich oft heftig verkalkulieren.

Schätzen Sie daher Ihren Zeitaufwand richtig ein! Wer damit Schwierigkeiten hat, wird ständig nacharbeiten müssen oder hat Probleme, zugesagte Termine auch einzuhalten. Im Zweifelsfalle sollten Sie lieber etwas mehr Zeit einrechnen und unvorhergesehene Ereignisse, wie in diesem Fall den Stau, mit in Betracht ziehen.

Nun werden Sie sicher einwenden, Sie seien doch kein Hellseher und könnten doch nicht alles im voraus planen. Doch, können Sie! Benutzen Sie die Technik der Visualisierung, also Ihr inneres Auge.

Lassen Sie die zu erledigenden Aufgaben und Ereignisse wie in einem Kopfkino an sich vorbeiziehen. Sehen Sie sich die nötigen Unterlagen zusammensuchen, die Kinder anziehen und ins Auto setzen. Stellen Sie sich die zu fahrende Strecke und mögliche Alternativen dazu vor. Auch Sportler benutzen dieses mentale Training erfolgreich, um sich beispielsweise einen Streckenverlauf oder einen Ballwechsel vorzustellen, um dann, wenn es darauf ankommt, vorbereitet zu sein und schnell richtig reagieren zu können.

Nehmen Sie sich die Zeit, die zu erledigenden Aufgaben vor Ihrem inneren Auge vorbeiziehen zu lassen, konzentrieren Sie sich vor der eigentlichen Handlung, und gewinnen Sie an Schnelligkeit und Effektivität dazu.

Tun Sie es jetzt und sofort

Noch aus der Schulzeit kenne ich das Herumtrödeln, wie es wahrscheinlich alle Kinder tun. Bevor es an die Hausaufgaben ging, gab es noch allerlei Interessantes zu tun. Da war der Anruf eines Freundes ganz wichtig, das Fahrrad hatte einen Platten, und neue Füllerpatronen mußten besorgt werden. Alles, nur nicht anfangen.

Wahrscheinlich kennen Sie das von sich selbst. Da liegt eine bestimmte, vielleicht auch ungeliebte Aufgabe vor Ihnen, und Sie setzen alles daran, nicht anfangen zu müssen. Aber gerade darin liegt der Vorteil:

Wer sofort beginnt, hat nicht nur Zeit gewonnen, sondern hat meist auch schnell und konzentriert erledigt, was vor ihm liegt.

Wer sich allerdings ablenken läßt, sich mit Nebensächlichkeiten beschäftigt und Unwichtiges nach vorne zieht, wird bald merken, wie er ins Zeit-Trudeln gerät. Die Regel lautet also: Tun Sie es gleich! Und noch etwas: Bleiben Sie an der Aufgabe dran! Nichts kostet mehr Kraft, Energie und Zeit, als sich ständig auf neue Anforderungen einzustellen. Was auch immer es ist, versuchen Sie es im Rahmen Ihres Planes fertigzustellen. Lieber an einer Sache konzentriert dranbleiben, als viele verschiedene Aufgaben gleichzeitig erledigen zu wollen. Dabei können Sie natürlich auch versuchen, gleichartige Aufgaben in einen Zeitblock zu packen. So kann man schon abends, wenn die Kinder im Bett sind, Briefe schreiben, Telefonate erledigen und Überweisungen ausfüllen oder sonstige Büroarbeiten einplanen.

Lernen Sie, die Zeitdiebe zu vertreiben

Ihre liebste Freundin Klara ruft an, um sich bei Ihnen auszuheulen. Erfahrungsgemäß geht ein solches Telefonat nicht unter zwei Stunden ab, und Sie haben gerade heute eigentlich weder Zeit noch Nerven, ihr die Schulter hinzuhalten. Aber was tun Sie? Sie lassen sich erweichen und hören sich Klaras Leidensgeschichte an, nicht ohne sich schuldig zu fühlen.

Mir persönlich scheint dies die wichtigste von allen Regeln zum Zeitmanagement zu sein: **nein zu sagen**. Viele Menschen geraten nur deshalb in Zeitnot und unnötigen Streß, weil sie es einfach nicht schaffen, die ständigen Angriffe auf ihre kostbare Lebenszeit abzuwehren. Solche Ja-Sager werden selbstverständlich von ihrer Umwelt bewußt und mit wachsender Begeisterung bedrängt. Wenn Sie also die Aufgaben im Verein, die ständigen Einladungen zu Feiern, das nicht enden wollende Herumgefahre Ihrer Kinder leid sind, sollten Sie lernen, nein zu sagen. Greifen Sie notfalls zu einer kleinen Ausrede, wenn Sie die direkte Konfrontation im Moment vermeiden wollen, und denken Sie ja nicht, andere würden Sie dann vielleicht nicht mehr mögen.

Nutzen Sie Ihre Ruhezeiten

Zu diesem Beispiel paßt auch noch eine andere Regel: **Schirmen Sie sich ab!** Sie müssen nicht immer und zu jeder Zeit für jeden erreichbar sein, egal ob am Telefon, am Handy oder persönlich. Machen Sie doch Termine mit sich selber ab, und gönnen Sie sich Auszeiten, die nur für Sie selbst reserviert sind. Legen Sie in solchen Zeiten die Beine hoch, und gönnen Sie sich ein behagliches Viertelstündchen auf der Couch. Lesen Sie Ihre Lieblingszeitschrift, oder seien Sie einfach bewußt faul. Entspannen Sie sich oder nehmen Sie sich die Zeit, endlich einmal in Ruhe mit den Kindern zu spielen.

Achten Sie auf Höhen und Tiefen

Nachmittags, so gegen fünf Uhr, habe ich immer meinen toten Punkt. Da könnte ich mich nur noch hinlegen und schlafen. Aber gerade da geht es bei uns besonders hektisch zu, und ich kann mich dann kaum auf den Beinen halten und kriege auch nichts richtig geregelt.

Unsere Leistungsfähigkeit ist einem täglichen Rhythmus unterworfen, der, so haben die Forscher festgestellt, von Mensch zu Mensch unterschiedlich stark schwankt. Meistens sind wir vormittags besonders leistungsfähig und bauen dann vor allem am Spätnachmittag rapide ab. Meist ist dann, am späten Abend, der Tiefpunkt in Sicht. Im Grunde kennen Sie Ihre persönliche Leistungskurve am besten und sollten sich in puncto Tagesorganisation auch danach richten. Wichtige Aufgaben werden dorthin gepackt, wo Sie sie am schnellsten und effektivsten erledigen können, und in absoluten Tiefphasen sollten Sie Pausen einlegen, um sich zu erholen und neue Kräfte zu sammeln. Wer es anders macht, arbeitet nicht nur wider seine Natur, sondern wird auch feststellen, daß er für die Bewältigung auch noch so einfacher Aufgaben scheinbar endlose Zeit braucht. Ausführlicher werden wir auf den Seiten 85-98 noch auf den Biorhythmus eingehen.

Lernen Sie zu delegieren

Und noch etwas zum Abschluß: **Versuchen Sie, sich zu entlasten!** Bei jeder neuen Aufgabe lohnt es sich zu fragen, ob Sie derjenige sind, der sie unbedingt ausführen muß, oder ob sie nicht genausogut (oder besser) von jemand anderem erledigt werden kann. Vielleicht ist es ja gar nicht nötig, daß Sie persönlich zur Bücherei gehen, und Sie können Ihren Sohn damit beauftragen. Wäsche kann man bügeln lassen, oder man bittet die Putzfrau darum. Vielleicht nimmt einem auch die Oma ab und an die zu flickenden Kleider ab oder näht Knöpfe an.

Wie es weitergeht

Diese Regeln sollen Ihnen nur einen groben Anhaltspunkt geben, wohin die Reise geht. Viele einzelne Punkte werden in den folgenden Kapiteln noch genauer beleuchtet, und Sie werden darüber hinaus auch noch sehr viel mehr erfahren, wie Sie Zeit sparen und die eingesparte Zeit sinnvoll einsetzen können.

Entlastungen im Alltag schaffen

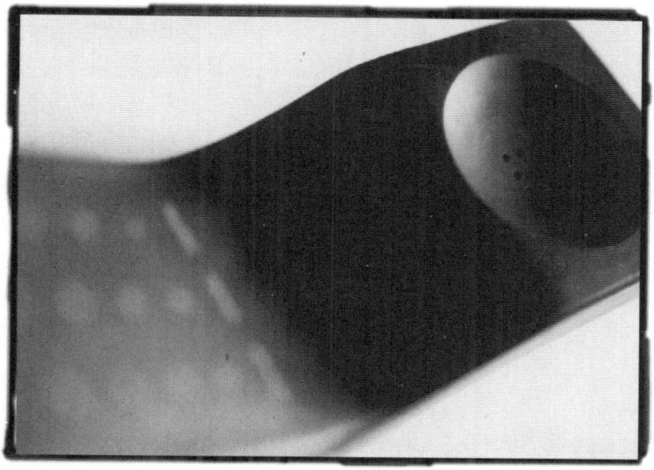

Es gibt zahllose Möglichkeiten, Arbeiten und Aufgaben zu delegieren und sich auf diese Weise Freiräume zu schaffen. Allerdings ist dies nur unter einer Voraussetzung möglich: Sie müssen es wirklich wollen. Viele Frauen und Männer können im Beruf oder Haushalt einfach nicht loslassen, weil Sie meinen, nur Sie selbst können eine Aufgabe richtig gut lösen.

Delegieren will gelernt sein

Gerade im Haushalt und mit einer Familie läßt sich trefflich und zudem häufig kostenfrei delegieren. Nun werden Sie einwenden, daß Delegieren auch Geld kostet, denn die Putzfrau, die Autoreinigung, die Tagesmutter, das Kindermädchen, sie alle wollen bezahlt werden. Aber überlegen Sie: Kommt Ihnen dieses Geld nicht später in vielfältiger Weise wieder zugute? Häufig genug entstehen aus freier Zeit neue Ideen, die sich dann vielfach wieder ausbezahlen, entweder weil anderweitig eingespart oder mehr Geld verdient wird.

Was Sie an wen abgeben können

Aber was sollten Sie als gestreßte Mutter oder geplagter Vater denn an wen delegieren? Nehmen wir als Beispiel einmal die Kinderbetreuung, die für viele Eltern ein ganz entscheidender Zeitfaktor ist. Sicher gibt es auch in Ihrer Nähe **ein Mütterzentrum, eine Kontaktstelle oder ein Jugendamt.** Hier werden Informationen ausgetauscht, finden Kontakte statt und können Probleme und Schwierigkeiten von Müttern und Kindern angesprochen werden. Häufig werden hier Adressen von „geprüften" Babysittern und Tagesmüttern vermittelt, Erfahrungen über Kinderärzte ausgetauscht oder sogar Kurse wie Kinderturnen und anderes angeboten.

Wer Probleme mit seinen Kindern hat, kann sich in einer **Selbsthilfegruppe** Rat und Tat einholen – eine ideale Möglichkeit, Zeit einzusparen, auch wenn Sie sich in solche Gruppen einbringen müssen. Haben Ihre Kleinen Neurodermitis oder zeigen aufmerksamkeitsgestörtes Verhalten, finden Sie sicherlich eine Selbsthilfegruppe in Ihrer Nähe, die Ihnen kompetent zur Seite steht und die darüber hinaus auch den Austausch mit anderen betroffenen Eltern erlaubt.

Deutschland ist ein Land der **Vereine.** Nutzen Sie als Eltern die vielseitigen Angebote an Ihrem Heimatort, ob beim Kinderturnen oder bei anderen Aktivitäten. Oft können Mütter und Väter die Anonymität ihres neuen Wohnortes durch die Mitgliedschaft in einem Verein auch aufbrechen.

Manche Eltern suchen für die Betreuung ihrer Kinder auch **eine Haushaltshilfe oder ein Au-pair** aus dem Ausland. Ein Au-pair ist gewissermaßen ein Familienmitglied auf Zeit, das für sechs bis zwölf Monate gegen freie Kost und Logis sowie Taschengeld und Krankenversicherung leichte Hausarbeiten beziehungsweise Kinderbetreuung übernimmt.

Aber auch **Freunde,** ebenso wie **Großeltern, Onkel und Tanten** dürfen Sie ruhig für Ihre familiären Belange einspannen. Aber beachten Sie folgendes: Bei all diesen „kostenlosen" Dienstleistern sind in der Regel ein paar freundliche Gesten angebracht. Jeder freut sich über ein paar Groschen für die Kaffeekasse, über ein mitgebrachtes Blümchen oder über die zur Post mitgenommenen Briefe.

Auch Hausarbeiten delegieren

Aber auch viele andere zeitfressende Aufgaben lassen sich in einem Haushalt delegieren, etwa das Putzen und Bügeln. Vielleicht arbeitet ja die Putzhilfe nicht ganz so gründlich, wie Sie das gerne hätten, aber dafür haben Sie dann den Samstag, der eigentlich fürs Putzen reserviert war, für die Familie oder für sich gewonnen, und die vor solchen Aktionen notorisch schlechte Stimmung bleibt auch aus.

Auch Bügelarbeiten lassen sich vergeben, und manch eine Nachbarin ist vielleicht froh, sich auf diese Weise noch ein paar Mark hinzuverdienen zu können und etwas zu tun zu haben. Große Bettwäsche und Laken können gesammelt und in die Mangel gegeben werden.

Die Familie mit einbeziehen

Sind die Kinder größer, können und sollten sie auf jeden Fall kleinere und größere Arbeiten im Haushalt übernehmen, und zwar mit Verantwortung und zu festen Zeiten. Das eigene Zimmer regelmäßig aufzuräumen und sauberzumachen sollte zu den grundlegenden Pflichten gehören. Übertragen Sie an die Kinder aber nicht nur unangenehme Hausarbeiten wie die Müllentsorgung, sondern auch Dienste, die sie voll Verantwortung und Kreativität erledigen können, wie beispielsweise Küchenarbeiten. Denn natürlich soll die Mitarbeit der Kinder auch zu Ihrer Entlastung beitragen.

Haben Sie vielleicht einen Garten? Dann lassen sich auch kleinere Kinder von Gartenarbeiten schnell begeistern und sind mit Feuereifer beim Eintopfen, Gießen, Schneiden, Pflanzen und Gestalten dabei. Größere Kinder können hier auch lernen, Verantwortung für Pflanzen und Tiere zu übernehmen sowie Zusammenhänge in der Natur zu beobachten und regulierend einzugreifen.

Auch das Thema Hausaufgaben gehört zu den Streitpunkten in vielen Familien. Kinder sollten lernen, ihre Hausarbeiten zu bestimmten abgesprochenen Zeiten selbständig zu machen. Als verantwortlicher Elternteil sollten Sie zwar bei Fragen immer zur Verfügung stehen, aber auf keinen Fall daneben sitzen oder am Ende die Aufgaben gar selber lösen.

Stopfen Sie die Zeitlöcher: Gerade Bügel- oder Näharbeiten eignen sich besonders gut, um sogenannte Zeitlöcher zu stopfen. Wenn also zwischen dem Zubettgehen der Kinder und Ihrem Lieblingsfilm noch eine halbe Stunde bleibt, dann nutzen Sie diese Zeit, um noch ganz schnell ein paar Dinge wegzubügeln, Knöpfe anzunähen oder eine Hose zu flicken.

Verantwortung abgeben – aber wie?

Wie sollten Sie delegieren? Wichtig ist, daß Sie nach Möglichkeit immer vollständige Aufgaben mit einer gewissen Verantwortung abgeben. Denn was haben Sie davon, wenn Sie hinterher alles genau kontrollieren oder nacharbeiten müssen? Dabei dürfen Sie auch ruhig einen Termin setzen. Bis dann und dann ist das Zimmer aufzuräumen, die Wäsche zu bügeln, die Steuer zu machen, das Auto zu reinigen ... Gerade bei solchen Delegationen kann man sich leicht auch noch zusätzliche Arbeit aufhalsen, wenn man beispielsweise die Wäsche noch wegfahren und abholen muß.

Vermeiden Sie unnötigen Streß, und versuchen Sie, einen Service ganz für sich in Anspruch zu nehmen oder zumindest so zu organisieren, daß keine zusätzlichen Aufgaben anfallen.

Wann sollten Sie mit dem Delegieren anfangen? Wenn Sie können, sofort! Und entweder von Fall zu Fall oder auf Dauer und außerdem sooft wie möglich.

Wichtig ist vor allem, sowohl Aufgaben und Kompetenzen als auch Verantwortung zu übertragen, damit Sie sich wirklich entlastet fühlen.

Es ist sicher nicht sinnvoll, eine Putzfrau auf Dauer auch noch zu kontrollieren oder ihr gar nachzuarbeiten. Sind Sie mit dem Ergebnis der geleisteten Arbeit nicht zufrieden, sprechen Sie Ihre Kritikpunkte sachlich an, vermeiden Sie aber persönliche Angriffe. Tritt nach solchen Aussprachen keine Besserung ein, bleibt Ihnen nichts anderes übrig, als sich eine neue Hilfe zu suchen.

Kontrolle ist gut, Vertrauen ist besser

Immer wieder tauchen vor allem in der Art des Delegierens Schwierigkeiten auf, deshalb ein paar Tips:

- Delegieren Sie immer nur vollständige Aufgaben, und achten Sie auch darauf, daß sie vollständig und eigenverantwortlich ausgeführt werden.
- Geben Sie vor allem dringende Arbeiten und Aufgaben ab, aber behalten Sie sich wirklich Wichtiges selbst vor.
- Suchen Sie sich Ihre „Mitstreiter" genau aus. Sind sie belastbar, und bringen sie Ihnen wirklich Entlastung? Können Sie ihnen vertrauen?
- Geben Sie nach getaner Arbeit sachliche Rückmeldung. Was hat Ihnen gefallen, was nicht. Was sollte beim nächsten Mal anders werden? Lob und Tadel gehören unbedingt dazu.
- Denken Sie über die Entlohnung (die Belohnung) auch für Angehörige und Kinder nach. Eine kleine Aufmerksamkeit am Rande wird immer gerne gesehen.

Zähmen Sie den inneren Antreiber

Claudia hatte es wirklich versucht: Um sich etwas Luft zu verschaffen, hat sie sich um eine Tagesmutter für ihre zweijährige Tochter Rafaela bemüht und nach langem Suchen auch eine passende Frau in der Nähe gefunden. Nun begleitet sie Rafaela zu den ersten Treffen, bei denen das Mädchen aber furchtbar weint und sich an die Mutter klammert. Hin- und hergerissen zwischen ihren Gefühlen, gibt Claudia entnervt auf und betreut ihre Tochter selbst weiter. Der Versuch, in ihrem alten Beruf Fuß zu fassen, ist gescheitert.

So oder ähnlich lesen sich viele Geschichten aus dem Familienalltag. Kinder loszulassen, sie zu Tagesmüttern, Kindergruppen, Kindergärten, Omas oder Freunden zu bringen und sie dort in guter Obhut zu wissen, fällt vielen Müttern und Vätern bewußt oder unbewußt oft schwer. Da möchte der Ehemann vielleicht gerne, daß seine Frau nach der Geburt des ersten Kindes ihre alte Berufstätigkeit wenigstens teilweise wieder aufnimmt, um mitzuverdienen. Seine Partnerin torpediert aber diese Ansprüche nach einer offeneren Betreuungsregelung, indem sie ihre Bindung ans Kind noch verstärkt. Manchmal werden in solchen Fällen die Ansprüche an die Kinderbetreuung so hoch gesteckt, daß sie niemals von einem Kindergarten erfüllt werden können. Hinzu kommt auch, daß Kinder, die wenig Kontakt zu Gleichaltrigen haben, keine sozialen Verhaltensweisen ausbilden können und sich deshalb oft schwer tun, plötzlich mit anderen zu spielen und Regeln zu lernen. Solche Kinder haben dann Angst vor dem Kindergarten und klammern sich an die Mütter oder Väter – jeden Morgen gibt es ein Drama.

Wenn Sie als Eltern in solch eine Situation gekommen sind, ist eine ruhige und besonnene Aussprache wichtig. Alle Argumente und Ansprüche an den Partner müssen auf den Tisch, und es ist wichtig, dabei keine Geheimnisse voreinander zu haben.

Wie besessen arbeitet der selbständige Rolf in seinem gutgehenden Musikalienhandel. Seit vielen Jahren schon hat die Familie ein Feriendomizil in Italien, an dem es ständig etwas zu tun gibt. Rolf rast andauernd hin und her, um auszubauen, umzubauen, zu renovieren oder zu verschönern. Er kennt weder Freizeit noch Wochenende, und die ganze Familie leidet darunter.

Solche „Workaholics“ können nicht loslassen. Immer sind sie im Einsatz und verstehen meist gar nicht, warum andere bei ihrem

Tempo nicht mehr mitkommen. Außerdem haben sie das Gefühl, alles alleine bewerkstelligen zu wollen, und viele entwickeln einen ausgesprochenen Hang zu übertriebener Perfektion. Die Frage, wem denn der Garten, das Ferienhaus, der wunderbare Oldtimer nützt, wenn man nicht wirklich genießen und seine Freizeit mit dem Partner, den Kindern und guten Freunden entspannt verbringen kann, stellen sie sich nicht.

Oft kommen solche getriebenen Menschen erst zur Ruhe, wenn ein Herzinfarkt, die Migräne oder eine andere schwerwiegende Erkrankung sie zur Einsicht zwingt. Wenn Sie solch einen inneren Antreiber in sich haben, gibt es einige hilfreiche Tricks:

- Versuchen Sie sich zu sammeln, zu konzentrieren, und widmen Sie sich nachhaltig einer Sache.
- Schaffen Sie Platz in Ihrem Terminkalender für überraschende Zwischenfälle. Werden solche Zwischenfälle zu täglichen Verpflichtungen, müssen sie eingeplant werden. Kürzen Sie die Liste Ihrer täglichen Vorhaben um ein Viertel.
- Versehen Sie jeden Morgen Zeit und Aufgaben mit Prioritäten. Wichtige Dinge werden in eine Rangfolge gebracht. Ab einer bestimmten Tageszeit werden keine neuen Aufgaben mehr erledigt, sondern lediglich bereits begonnene zu Ende gebracht.

Wie es weitergeht
Familien haben die Möglichkeit, sich Entlastungen zu verschaffen, ob in der Kinderbetreuung oder bei den Hausarbeiten. Ein Hindernis bei solchen Hilfen sind häufig weniger die tatsächlichen Hilfsangebote als die familieninternen Widerstände gegen Veränderungen. Wer gemeinsam mit seinem Partner an sich arbeitet, wird aber sicher einen Weg finden, um mehr Zeit und Gelassenheit für sich zu finden.

Mit Ruhe und Gelassenheit

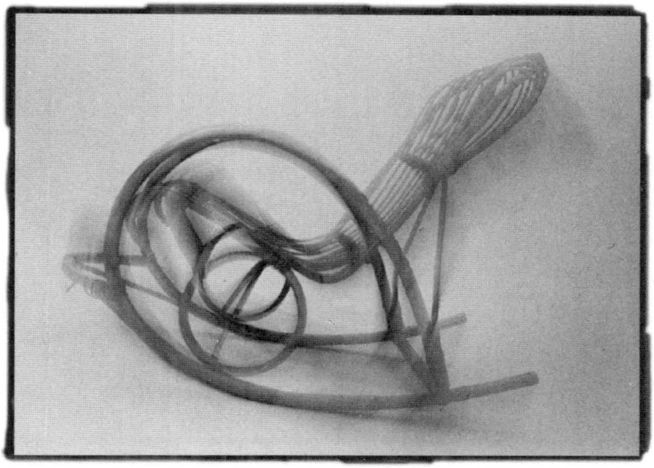

Es nützt uns nichts, einfach nur Zeit zu gewinnen. Wenn wir sie auch ausfüllen und bereichern möchten, müssen wir lernen, schwierigen Situationen, wie sie im Familienalltag gang und gebe sind, mit Ruhe und Gelassenheit zu begegnen. Wutanfälle der Kinder, Spannungen in der Familie: Mit einigen wenigen Regeln kommen wir besser über diese Klippen.

Mit Wut umgehen lernen

Eine endlose Schlange im Supermarkt vor der Kasse. Die Kinder quengeln, wollen Eis oder Schokolade, trotzen. Es ist heiß und stickig, der Hintermann rammt uns den Wagen immer wieder in die Fersen. Plötzlich drängt sich auch noch jemand vor uns. Langsam geraten wir in Rage, weil wir schon eine halbe Stunde gewartet haben.

Je mehr wir über die Situation nachdenken, die uns wütend gemacht hat, desto stärker kocht das Gefühl in uns. Sind wir ohnehin schon gereizt, wird jeder noch so kleine Auslöser die Wut verstärken und eine Kettenreaktion auslösen. Dabei übertrifft jedes nachfolgende zornige Gefühl das vorangegangene in seiner Intensität. Würde der Ratgeber für unser Handeln nur primitive Regungen beinhalten, stände am Ende der Kette oft die pure Gewalt, die dann wohl meist an den Kindern ausgelassen würde.

Soll man denn die Wut so richtig herauslassen, um sich hinterher besser zu fühlen? Ja, sagen die Psychologen, aber nur, wenn dabei eine gewisse Kontrolle über das heftige Gefühl bestehen bleibt.

Da sich die Wut jedoch nur schwer zügeln läßt, ist dies in den allermeisten Situationen unmöglich. Besser ist es also, der Wut möglichst schon an der Wurzel die Nahrung zu entziehen. Und wie soll das gehen? Versuchen Sie einmal, sich darüber klar zu werden, ob der Anlaß den Ausbruch überhaupt wert ist.

Manchmal kann man sogar versuchen, dem konkreten Auslöser und Übeltäter Verständnis entgegenzubringen. Vielleicht hat ja der unverschämte Kerl im Supermarkt wirklich keine Zeit oder steht unter Druck?

Wichtig ist, die Kette wütender Gedanken zu unterbrechen. Lenken Sie sich ab, und versuchen Sie, erst einmal ruhig zu werden und dann Ihrem Gegenüber selbstbewußt und gerecht gegenüberzutreten, um die Angelegenheit zu klären. Denken Sie daran: Emotional intelligent ist, wer sich nicht zum Sklaven seiner Leidenschaften macht.

Mit Wut und Trotz bei Kindern klarkommen

Gerade hat Lisa zum wiederholten Male das Essen quer über den Tisch gespuckt und laut geschrien: „Nein, will nicht." Der Babysitter, der heute abend für Entlastung sorgen sollte, hat aus Krankheitsgründen abgesagt, und die seit langem geplante Verabredung mit der Freundin fällt daher ins Wasser. Die Tagesmutter, die Lisa sonst betreut, kann ausgerechnet morgen nicht, wo doch in der Firma eine wichtige Besprechung anberaumt ist. Da überkommt die Mutter das ohnmächtige Gefühl, ihre ganze Wut an Lisa auszulassen.

Lisas Mutter ist verzweifelt, frustriert und auch ziemlich wütend – verständlich in dieser Situation.

Bevor es zu einer Eskalation der aufgestauten Gefühle kommt, versuchen Sie, Ihr Kind zu verstehen. Der Grund für alle Wut, allen Trotz und alle kindlichen Aggressionen ist häufig: Angst. Es ist die Angst des Kindes vor dem eigenen Bedürfnis, groß und selbständig zu werden, sich von den Eltern, der Mutter zu lösen.

Der beste Ratschlag in dieser Lage ist: Bewahren Sie Ruhe! Gut gebrüllt, Löwe, werden Sie sagen, aber was tun, wenn ich diese

Ruhe nicht habe? Dann reagieren Sie Ihre Wut an weichen Gegenständen ab. Werfen Sie mit Kissen, laufen Sie auf und ab, oder trommeln Sie gegen die Wand. Nur: Respektieren Sie, daß Ihr Gegner klein ist, und lassen Sie sich niemals in echte Wut oder Zorn hineintreiben. Falls Sie Ihre Gefühle doch überwältigen, ist es besser, sofort das Zimmer zu verlassen und sich mit etwas Angenehmem und Beruhigendem abzulenken.

Entdramatisieren Sie die Situation, und kontrollieren Sie Ihre Erregung. Versuchen Sie, die angespannte Situation auch gedanklich zu entschärfen und negative Vorstellungen durch phantasievolle, positive Ideen zu vertreiben. Fragen Sie sich: Ist es wirklich so schlimm, daß Sie heute abend nicht ausgehen können? Könnte Ihre Freundin statt dessen nicht zu Ihnen kommen? Können Sie für den morgigen Tag nicht eine andere Mutter bitten, Ihre Kleine zu beaufsichtigen? Vielleicht spürt die kleine Lisa ja Ihre Stimmung und reagiert vor lauter Angst so übertrieben?

Mit Kritik richtig umgehen

Gerade Ferientage sorgen in Familien häufig für den richtigen Zündstoff. Die Erwartungen an die gemeinsam zu verbringende Zeit sind hoch und häufig ziemlich unterschiedlich. Und plötzlich platzt einem der Kragen: „Immer müssen wir das tun, was deine Mutter will." Ein Wort gibt nun das andere, und aus dem gemütlichen Beisammensein wird eine Ehekrise.

Natürlich sollten wir selbstsicher unseren Weg gehen und uns nicht entmutigen lassen. Doch wir machen auch Fehler und müssen anderen dankbar sein, wenn sie uns darauf hinweisen. Beherzigen Sie ein paar goldene Regeln, dann fällt Ihnen der Umgang mit Kritik leichter. Wichtig: Prüfen Sie, ob Ihr Gegenüber in der

Sache recht hat! Seien Sie dann selbstbewußt genug, den Fehler zuzugeben – offen und ohne Ausreden. Wer ein gutes Selbstwertgefühl hat, wird damit keine Probleme bekommen.
Damit signalisieren Sie Offenheit, machen aber auch deutlich, daß Sie respektiert werden möchten.

Wenn Sie das Gefühl haben, die Kritik soll Sie persönlich verletzen, oder Ihr Gegenüber verhält sich unsachlich und aggressiv, versuchen Sie, ruhig zu bleiben. Geben Sie ihm auf höfliche Weise zu verstehen, daß Sie sehr wohl wissen möchten, was ihn stört, daß Ihnen aber die Art und Weise der Kritik nicht paßt.

Die Kraft positiver Gedanken nutzen

Seit Tagen schon drehen sich bei Gerda die Gedanken im Kreis: Ihr Vater liegt nach einer schweren Operation im Krankenhaus, und die Stelle ihres Mannes ist von einer Umstrukturierung bedroht. Aber gerade in Krisenzeiten ist es wichtig, die Spirale aus negativen Gedanken, Angst und niedergeschlagener Stimmung zu durchbrechen.

Jeder Mensch hat seinen eigenen Weg, mit Krisensituationen fertig zu werden, und die neueren Forschungen bestätigen, daß es dabei keinen besseren oder schlechteren gibt. Dennoch hängt die Bewältigung schwieriger Lebensphasen auch von der Zuversicht und der Hoffnung ab, daß das Leben weitergehen wird. Diese Zuversicht drückt sich auch in Ihren Gedanken aus, mit deren Hilfe Sie die Spirale nach oben oder nach unten bewegen können. Fragen Sie sich, welche Glaubenssätze Sie in Anbetracht einer Krise haben, und trennen Sie sich von solch negativen Haltungen wie: „Aus dieser Krise kommen wir nie wieder raus." Denn auf Dauer werden Sie sich genauso fühlen, wie Sie es sich einreden. Solche selbsterfüllenden Prophezeiungen lassen sich auch ins Positive verkehren. Versuchen Sie, sich daran zu erinnern, mit welchen Strategien Sie schon andere Krisen erfolgreich bewältigt haben.

Den Kummer von der Seele schreiben

Nicht immer ist jemand zur Stelle, um Kummer und Sorgen anzuhören oder auch um die Freuden des Lebens mit einem zu teilen. Dann ist Zeit für ein altertümlich anmutendes Hobby: das Tagebuch. In ihm ist Platz für Träume, Ideen und Gedanken, und so manches am Tag Erlebte relativiert sich schon alleine beim Hinschreiben.

„Wes das Herz voll ist, des geht der Mund über" – so lautet ein altes Sprichwort, das nichts anderes meint als unser Bedürfnis nach Aussprache. „Wir reden uns etwas von der Seele", sagen wir, wenn wir Kummer, Sorgen und Ängste loswerden wollen. Doch nicht immer können wir unsere tiefsten Empfindungen einem anderen Mitmenschen mitteilen. Vielleicht sind sie zu intim, oder es ist uns ganz einfach peinlich, allzu Vertrauliches fremden Ohren preiszugeben. Warum also nicht zum guten, alten Tagebuch greifen und uns vom Herzen schreiben, was uns plagt?

Die therapeutische Wirkung des Aufschreibens ist längst bekannt, denn während des schriftlichen Niederlegens ordnen wir unsere Gedanken und gewinnen dadurch Distanz zu unseren Sorgen und Nöten. Studien haben belegt: Wer seine Sorgen einem Blatt Papier anvertraut, wird seltener krank.

Das tägliche Aufschreiben von Erlebnissen, Gefühlen und Gedanken ist sogar literarische Kunstform geworden, und berühmte Dichter und Denker haben in Tagebüchern ihr Leben festgehalten.

Wege aus der inneren Wüste finden

Viele haben es schon erlebt: An die Stelle der Lebensfreude tritt eine quälend düstere Stimmung. Die Welt verliert die Farbe, alles wird grau, und eine oftmals qualvolle Angst gesellt sich hinzu. Der Schlaf will sich nicht mehr einstellen, und man hat zu gar nichts mehr Lust.

Depressive Verstimmungen kennen die meisten Menschen. Jeder hat verschiedene Phasen, in denen das Leben sinnlos erscheint und nichts wirklich Spaß macht, vor allem in Zeiten großer hormoneller Veränderungen wie der Pubertät oder den Wechseljahren. Diese seelischen Tiefs sind vorübergehend, und nach einiger Zeit kehrt die frühere Energie wieder zurück. Doch jeder kann selbst eine Menge dazutun, um aus den schwarzen Löchern schneller wieder herauszukommen oder gar nicht erst so tief zu fallen.

Heute weiß man, daß eine ganze Reihe verschiedener Aktivitäten gegen Depressionen – auch vorbeugend – helfen. Sport beispielsweise gehört zu den probatesten Mitteln, um wieder Boden unter den Füßen zu bekommen.

Auch wenn man sich am liebsten vor der Umwelt verkriechen und niemanden mehr sehen möchte, der einzige Weg aus der Isolation sind Kontakte. Sich einem Menschen anvertrauen, gemeinsam Spaziergänge machen oder Ausstellungen und Konzerte besuchen, kann ein erster Versuch sein, wieder Freude an der Umwelt zu gewinnen.

Ist die Depression besonders bedrückend oder hält sie lange an, dann sollten Sie dringend den Arzt aufsuchen.

Um die Bürde ein wenig zu erleichtern, wird der Arzt in schweren Fällen stimmungsaufhellende Medikamente, sogenannte Antidepressiva, verschreiben. Sie sorgen dafür, daß bestimmte Botenstoffe im Gehirn, sogenannte Neurotransmitter, die für das Wohlempfinden zuständig sind, vermehrt angereichert werden. In vielen Fällen ist eine Psychotherapie der richtige Weg. Zusammen mit einem erfahrenen Experten können die Erlebnisse, die zu der Depression geführt haben, aufgearbeitet werden. Bei der Suche nach einem Therapeuten kann der Hausarzt behilflich sein.

Sich im Hier und Jetzt entspannen

Morgens, wenn Herr C. ins Büro kommt, stapeln sich die Akten, ist der Terminkalender gespickt voll. Zuvor hat er sich bereits über den Stau geärgert und über die Schlange an der Tankstelle. Kannenweise Kaffee und päckchenweise Zigaretten, dazu das hastig hinuntergeschluckte Brötchen am Mittag haben zusammen mit dem täglichen Streß schließlich dazu geführt, daß Herr C. mit 45 Jahren den ersten Herzinfarkt bekam.

Der Termin beim Zahnarzt drängt, das Telefon klingelt pausenlos, der Abwasch stapelt sich – die tägliche Hetze kostet Nerven und Kraft. „Ich habe soviel Streß", sagen wir und lassen uns müde ins Bett fallen, um darüber nachzugrübeln, was am nächsten Tag alles ansteht. Ob Hausfrauen, Angestellte oder Topmanager – die meisten Menschen sind ständig überfordert. Der Körper reagiert auf den Dauerstreß, indem er ihn in eine permanente Flucht- oder

Kampfreaktion versetzt: Der Puls steigt, Blutdruck und Muskelspannung erhöhen sich, das Blut gerinnt schneller, die Verdauungstätigkeit wird eingeschränkt. Deshalb ist es besonders wichtig, ein richtiges Maß an Entspannung und Anspannung zu finden. Wissenschaftler haben herausgefunden, daß der Körper sehr viel Streß ertragen kann, wenn er zwischendurch ausreichende Erholungsphasen hat. Eine gute Methode, zu einer tiefen inneren Ruhe zu gelangen, ist das Autogene Training. Mit dieser Selbsthypnose lassen sich überschießende Körperreaktionen wie Schwitzen oder Herzklopfen dämpfen, ein vegetatives Gleichgewicht herstellen und die Leistungsfähigkeit steigern. Das in den zwanziger Jahren von dem Arzt und Psychotherapeuten Johannes Heinrich Schultz entwickelte Verfahren ist ein wichtiger Bestandteil in der Prävention von Krankheiten und fördert unbestritten einen gesunden Lebensstil. Neben dem Autogenen Training ist auch die Progressive Muskelrelaxation ein hervorragendes Mittel gegen Streß und seine Begleiterscheinungen (siehe Seite 81-82).

Nach sozialer Geborgenheit suchen: „Niemand ist eine Insel"

Frau A., Mutter von zwei Kindern, erfuhr unlängst von ihrem Mann, daß er sie verlassen will. Nach einer schwierigen depressiven Phase suchte sie das Gespräch mit Freunden und schloß sich einer Selbsthilfegruppe an. Die Gespräche halfen ihr, den Schmerz nach und nach zu verarbeiten, und schließlich erkannte sie, daß sie ihr Leben viel zu sehr auf ihren Mann ausgerichtet hatte. Sie begann Musikunterricht zu nehmen, ging in Ausstellungen und unternahm gemeinsam mit den Kindern viele Reisen. Die überstandene Krise gab ihr Selbstvertrauen, sie blickte gelassen und zuversichtlich in die Zukunft.

„Es ist nicht gut, daß der Mensch allein sei“, steht schon in der Bibel geschrieben. Dieser Satz bestätigt die enorme Wichtigkeit fester sozialer Bezüge für unser Leben. Der Mensch ist von Natur aus auf Kontakte mit anderen angewiesen. Bestes Beispiel: Ohne Hautkontakt sterben Säuglinge, auch wenn sie ausreichend ernährt und gekleidet werden. Untersuchungen haben eindeutig gezeigt, daß Kinder, die eine feste Beziehung zu einer Person aufbauen konnten und in ein tragfähiges soziales Netz eingebunden waren, Krisen im späteren Leben besser bewältigen konnten. Sozialer Rückhalt und mitmenschliche Unterstützung haben sich nicht nur als wahrscheinlich wichtigstes Schutzschild gegen Krankheiten herausgestellt.

Die Medizin weiß längst, daß auch bereits erkrankte Menschen in der Geborgenheit von Familie und Freunden schneller wieder gesund werden. Umgekehrt gilt jedoch auch, daß fehlende soziale Wärme ein hohes Krankheitsrisiko birgt.

Untersuchungen an Herzinfarktpatienten haben sehr ausdrücklich bewiesen, daß Offenheit und Vertrauen gegenüber anderen Menschen befreiend und damit gesundheitsfördernd wirken. Doch wer sein Herz ausschütten will, braucht nicht viele, sondern vor allem tiefgehende und tragfähige Kontakte. Die einfache Formel „Viel hilft viel“ gilt hier nicht. Im Gegenteil: Zu viele Beziehungen bleiben meist an der Oberfläche – Enttäuschungen und Konflikte sind programmiert. Liebe, Fürsorge und Sensibilität dagegen sind nur in kleinen überschaubaren Gruppen möglich. Längst gilt es als erwiesen, daß ein grundlegendes Vertrauen die Fähigkeit zur Entspannung fördert und damit das Immunsystem stärkt.

Wer nicht genießt, ist ungenießbar

Warum empfindet der eine Mensch als Streß, was für den anderen ein Vergnügen ist? Wieso fühlen sich viele Menschen durch Familie, Beruf und Kinder überlastet, während andere damit glücklich und zufrieden sind? Antworten auf diese Fragen kennt die Psychologie erst seit kurzem.

Eine alte Redensart sagt: „Erst die Arbeit, dann das Vergnügen." Doch dieser Gegensatz muß nicht sein. Auch die Arbeit kann Spaß machen. Jeder, der schon einmal selbstversunken während einer geistigen oder körperlichen Anstrengung Zeit und Raum vergaß, kennt das dabei entstehende Glücksgefühl, das die Psychologen „Flow" nennen.

Entscheidend dabei ist, sich bei vielen Aufgaben genau so zu belasten, daß man sich nicht unter-, aber auch nicht überfordert fühlt. Das ist natürlich leichter gesagt als getan. Wenn die Aktenberge erdrücken, die Bügelwäsche über den Kopf wächst oder eine Kinderkrankheit die nächste jagt, dann scheint der Streß unvermeidlich, und die Stimmung sinkt auf den Nullpunkt. Versuchen Sie deshalb, auch in Streßsituationen Inseln der Ruhe zu schaffen und unangenehme Tätigkeiten mit positiven Reizen zu verbinden. Belohnen Sie sich nach getaner Arbeit. Vielleicht gönnen Sie sich ein Glas Wein oder erfüllen sich einen kleinen Wunsch.

Der Mensch lebt nicht vom Brot allein

Zeit gewinnen heißt auch Zeit bekommen, um sich mit wichtigen Fragen des Lebens zu beschäftigen. Daß das Leben mehr ist als nur essen, trinken und arbeiten, weiß jeder. Die Menschen brauchen das Gefühl, daß es sich lohnt, Schwierigkeiten anzupacken und Probleme zu lösen. Aber die Frage nach dem Sinn des Lebens zu beantworten, wird zunehmend schwieriger.

Da immer weniger Menschen Halt in der Religion finden, muß der einzelne selbst herausfinden, was ihn im Leben erfüllt, welche Ziele er hat und wie er sie erreichen kann. Das mag für den einen eine berufliche Karriere sein, für den anderen eine harmonische Beziehung mit dem Partner.

Wer nach einem Idealzustand strebt – auch wenn er ihn vielleicht nicht erreicht –, gibt seinem Leben eine Perspektive. Wer zulange orientierungslos ist, wird auf Dauer depressiv. Psychologen wissen außerdem, daß vor allem ein gesundes Selbstwertgefühl ein wichtiger Schutzfaktor für seelische Gesundheit ist. Denn je unsicherer ein Mensch ist, desto stärker muß er stets durch besondere Leistungen seine Überlegenheit beweisen – Überforderung ist oft das Resultat.

Wie es weitergeht

Duch Ruhe und Gelassenheit mehr Lebensqualität gewinnen ist das Thema dieses Kapitels. Dies wurde anhand von zehn Beispielen verdeutlicht. Sie alle zeigen, wie wichtig es ist, aus Ruhe und Gelassenheit Kraft zu schöpfen, das Leben anders zu gestalten. Und sie zeigen auch, welche Chancen wir haben, unser Verhalten in Krisensituationen immer wieder neu zu überdenken und uns so Handlungsfreiheiten zu verschaffen. Die gewonnene Zeit nutzen, um Freundschaften zu schließen und zu pflegen, Tagebuch zu führen und dem eigenen Leben einen Sinn zu verleihen, erhöht die Lebensqualität und gibt dem Zeitgewinn auch einen spürbaren Nutzen.

Reif für die Insel - So klinken Sie sich aus

Haben Sie das Gefühl, von Ihrer Familie nur noch als Chauffeur, Hausmädchen, als Sekretärin oder Partyservice mißbraucht zu werden? Kommen Sie bei Ihrer Arbeit ständig in Schwierigkeiten, weil Sie noch die Aufgaben anderer erledigen? Kurz: Können Sie einfach nicht „Nein" sagen? Dann wird es Zeit, daß Sie lernen, sich durchzusetzen und Inseln im Alltag zu schaffen.

Ständig auf Abruf

Da haben Sie es sich gerade mit einem belegten Brötchen und einem Glas Wein auf dem Sofa bequem gemacht und den neuen Krimi Ihrer Lieblingsautorin angefangen. Die Kinder sind im Bett, und endlich ist einmal Zeit für Sie selbst. Da klingelt es an der Tür. Dem Drang, jetzt nicht aufzumachen, können Sie aber nicht nachgeben, und so steht breit lächelnd Ihr Nachbar vor der Tür und bittet Sie freundlich, ihn doch kurz mit dem Wagen zum Notdienst in seiner Werkstatt zu bringen, da ein dringendes Problem zu beheben sei. Und was tun Sie? Sie hören sich sagen: „Aber ja, gerne! Einen Moment noch, ich komme gleich.“

Dieses Beispiel kommt Ihnen bekannt vor? Natürlich, denn in zahlreichen Situationen stehen wir vor der Entscheidung, was wichtiger ist: Wir oder die anderen. Das betrifft vor allem Mütter und Väter, die bei der Versorgung ihrer Kinder oft viel mehr geben als nehmen. Außerdem gibt es viele Eltern, die nicht „Nein“ sagen können, weil sie sich davor fürchten, nicht mehr gemocht zu werden, oder meinen, die vermeintlichen Fehler ihrer eigenen Erziehung nicht wiederholen zu wollen. Da ist beispielsweise die nette Mutter, die sich neben ihrem Haushalt und den Kindern noch aufopfernd um den Kinderladen nebenan kümmert und keine Zeit für sich hat. Oder der Vater mit Umgangsrecht, der seinem Sohn keinen Wunsch abschlagen kann und allmählich das Gefühl hat, ausgenutzt zu werden. Solche Menschen haben eine Art Schmeichler in sich, der ihnen souffliert, daß „Nein“ eine Beleidigung ist. Dieser Schmeichler flößt ihnen immer wieder Gefühle ein. Das nagt an ihnen, und sie ärgern sich zwar insgeheim über die anderen, die sie ausnutzen, und doch rollen sie ihnen immer wieder den roten Teppich aus.

Wie man zum Ja-Sager wird

Die Tendenz zum Ja-Sager wird bereits in der Kindheit angelegt. Die Kinder lernen von ihren Eltern die Lektion, sich anzupassen und möglichst keinen Ärger zu machen. Die elterliche Zuwendung wird dann durch angepaßtes Verhalten gewonnen. Viele Kinder machen diese Erfahrungen. Aber wenn sie sich das angewöhnen, dann wird diese Art des Tauschgeschäfts von Zuneigung gegen Anpassung ihre Persönlichkeit prägen. Wer als Kind diesen Tausch eingehen mußte, wird auch als Erwachsener das Gefühl haben, daß er nur Zuneigung bekommt, wenn er Ja sagt und sich anpaßt.

Bloße Fassade oder echte Gefühle?

Hinter der Fassade von liebenswerter Schmeichelei scheint schnell auch der unterschwellige Ärger durch, den das ständige Jasagen können hervorruft. Wer ständig anderen den Vortritt läßt, ärgert sich insgeheim darüber. Häufig inszenieren sich solche Menschen auch als Opfer der Umstände, die permanent von Kräften außerhalb ihrer Reichweite mißbraucht werden. Dann richtet sich der Ärger auch gegen die anderen, vor allem gegen nahe Angehörige. Diese unterdrückten Aggressionen führen in zahlreichen Familien zu sehr viel Streß. Es kann aber auch sein, daß sich die Aggression gegen die eigene Person richtet, und die gesundheitlichen Folgen äußern sich beispielsweise in Bluthochdruck, Magengeschwüren und selbstzerstörerischem Verhalten.

Ob Sie etwas freiwillig und von Herzen geben oder nur gezwungenermaßen tun, können Sie feststellen, wenn Sie auf Ihre Gefühle achten. Tauchen beim Geben Wut, Groll oder Aggressionen auf, so ist dies ein untrügliches Zeichen für einen unfreiwilligen Akt, wobei Sie sich ja den Zwang auch selbst auferlegen. Daher sollten Sie Verantwortung für sich und Ihre Handlungen übernehmen, indem Sie zuerst sich selbst einen Gefallen tun und lernen, „Nein" zu sagen.

Anhand der folgenden Fragen können Sie versuchen herauszufinden, ob Sie „Nein" sagen können oder nicht. Wenn Sie die Fragen überwiegend mit „Ja" beantworten können, dann sollten Sie mit sich einmal ins Gericht gehen.

- Können Sie nicht „Nein" sagen und werden von anderen Familienmitgliedern ausgenutzt?
- Machen Sie gegenüber Ihren Kindern unhaltbare Zugeständnisse?
- Übernehmen Sie Aufgaben im Verein, nur weil es niemand anderer machen will?
- Fällt es Ihnen schwer, Ihren Partner, Ihre Kinder oder auch Verwandte und Bekannte zur Rede zu stellen, wenn etwas vorgefallen ist?
- Werden Sie von Schuldgefühlen geplagt, nachdem Sie „Nein" gesagt haben?
- Haben Sie keine Zeit für Ihre Familie oder für Freunde, weil Sie so beschäftigt sind?
- Haben Sie den Eindruck, auch die Gefühle Ihrer Lieben verantwortlich schützen zu müssen?
- Haben Sie Angst, eine fehlende Übereinstimmung mit anderen auch zum Ausdruck zu bringen?
- Helfen Sie Ihrem Partner gerne freiwillig bei seinen Aufgaben?

Die eigene Meinung gegenüber dem Partner vertreten

„Also, ich weiß nicht, was in letzter Zeit mit dir los ist? Du bist immer nur müde, hast keine Lust, und ich finde, unser Liebesleben ist in letzter Zeit ziemlich kurz gekommen. Gibt es denn irgend etwas, was du mir sagen möchtest?" „Nein, nein, ich bin nur etwas überarbeitet und angespannt. Aber morgen werden wir uns sicher wieder lieben, und dann ist doch alles in Ordnung."

Dieser kurze Dialog zwischen Partnern zeigt eine deutliche Tendenz von Ja-Sagern auf: Auseinandersetzungen und Schwierigkeiten auf jeden Fall aus dem Weg zu gehen. Dabei können sich hinter solch einer emotionalen Abkehr ernsthafte Partnerschaftsprobleme verbergen. Der Rückzug eines Partners könnte ein Warnsignal für einen unausgesprochenen Konflikt sein. Wenn der andere aus Furcht vor Auseinandersetzungen aber nicht bereit ist herauszufinden, warum er sich zurückgezogen hat, dann ist die wertvolle Chance, dieses Problem zu lösen, vertan. Vielleicht ist es ja nur eine Kleinigkeit: eine falsche Bemerkung, Unstimmigkeiten über Finanzielles oder über die Kindererziehung. Wird es aber nicht ausgesprochen, sondern schwelt über Wochen und Monate vor sich hin, dann ist es nicht nur schwer, der eigentlichen Ursache für den Konflikt auf die Spur zu kommen, sondern Wut und gegenseitige Aggressionen stauen sich gehörig auf. In solch einer Atmosphäre entstehen aus Kleinigkeiten wüste Streitereien, und es herrscht eine feindselige Grundstimmung in der Familie.

Fragen Sie sich oder Ihren Partner, ob sich hinter einer ausweichenden Antwort nicht doch die Furcht versteckt, eventuell nicht mehr gemocht zu werden, wenn die Wahrheit ans Licht kommt. Sprechen Sie Konflikte offen aus, und denken Sie daran: Sie haben das Recht auf eine eigene Meinung.

Gestehen Sie dem anderen ruhig zu, verletzlich, unzulänglich und manchmal auch hilflos zu sein. Aber: Sprechen Sie mit Ihrem Partner, und leiden Sie nicht still vor sich hin oder fressen den gesamten Ärger in sich hinein. Reden ist in diesem Fall Gold, und Schweigen nicht mal Bronze.

Grenzen in der Familie setzen

Nora hat die ganze Familie zu einem gemütlichen Abendessen zusammengetrommelt. Sie hat sich ziemliche Arbeit gemacht, denn jeder bekommt sein Lieblingsessen, auch ihre Tochter Klara. Als diese aber nach Hause kommt, hat sie keine Zeit, will nur schnell etwas herunterschlingen, um dann rasch wieder in den Tanzkurs abzuhauen. Als ihr Vater sich einmischt und Klara vorwirft, sie hätte keinerlei Pflichtgefühl gegenüber der Familie, springt Nora ihrer Tochter bei und verteidigt sie auch noch. Daraufhin verläßt der Vater wütend die Küche, und Klara hat es plötzlich sehr eilig. Nora steht mit dem ganzen Essen alleine da.

Solche Situationen sind auch von Lebenspartnern nur schwer zu ertragen. Kinder brauchen Grenzen. Alle Eltern müssen lernen, diese Grenzen zu stecken. Unter dem Versuch der Eltern, immer freundlich und nett zu sein, leiden die Kinder. Viele Eltern versuchen zudem, ihren Kindern schmerzhafte Erfahrungen zu ersparen. Sie behüten und beschützen sie. Allerdings ist es kurzsichtig, die Kinder vom Ärger des Partners fernzuhalten, da man ihnen die Möglichkeit nimmt, an einem bedeutungsvollen Austausch teilzuhaben.

Wenn Sie sich ärgern, dann sollten Sie dies auch direkt und klar zum Ausdruck bringen und nicht versuchen, einer Diskussion auszuweichen.

Lernen, „Nein" zu sagen

Lernen, „Nein" zu sagen, ist ein wichtiger Beitrag zur Lebensqualität und verschafft Ihnen in vielen alltäglichen Bereichen Zeit – und beides ist ja Ziel dieses Buches. Erinnern Sie sich noch an Ihre Stärken und Schwächen aus dem zweiten Kapitel? Vielleicht haben Sie ja eingetragen, daß es Ihnen schwerfällt, den vielen Anforderungen Ihrer Familie, Ihrer Verwandten oder Freunde gerecht zu werden. Dann sollten Sie sich mit dem „Ja"-Sager in Ihnen auseinandersetzen.

Sind es wirklich Erinnerungen an die Kindheit, die Sie dazu bringen, nichts ablehnen zu können, weil Sie Angst haben, dann nicht mehr geliebt zu werden? Machen Sie sich klar, daß Ihre Bedürfnisse als erwachsener Mensch ganz andere sind, als die, welche Sie als Kind hatten. Fragen Sie sich, ob es auch heute noch wirklich wichtig ist, von allen geliebt zu werden.

Neinsagen bringt Selbstsicherheit, und man kann es auch lernen. Dafür gibt es eine Reihe professioneller Anbieter von Selbtsicherheitstrainings, aber auch im familiären Umfeld läßt sich Selbstsicherheit durchaus üben.

Die Bahnfahrt – Eine Vorstellungsübung

Stellen Sie sich vor, Sie haben eine längere Zugfahrt mit Ihrem Kind vor sich. Ihre Sitzplätze sind reserviert, aber als Sie in Ihrem Abteil ankommen, ist ein Platz bereits von einer älteren, sehr unbeholfenen Dame besetzt. Überhaupt ist der ganze Zug brechend voll, und auch in Ihrem Abteil gibt es keinerlei Ausweichmöglichkeit. Was tun Sie nun?

An einem solchen Beispiel läßt sich auch in Form eines Rollenspiels, etwa mit einem Familienmitglied, sehr schön erproben, ob und vor allem mit welchen Mitteln man in der Lage ist, sich auch in schwierigen Situationen durchzusetzen und dabei Autorität zu wahren. Sie können die Begebenheit beliebig verschärfen, etwa indem Sie annehmen, der Schaffner käme nicht und die ältere Dame würde sich beharrlich weigern aufzustehen. Sie müssen nicht kaltschnäuzig oder hartherzig vorgehen, sondern sollen nur lernen, sich mit einer gesunden Menge an Egoismus selbst zu verteidigen und Ihre Interessen durchzusetzen.

Das leidige Thema Telefon

Wir haben zu Hause einen privaten und zwei geschäftliche Telefonanschlüsse sowie zwei Faxgeräte. Das führte eine Zeitlang zu einem richtigen Telefonterror, bei dem wir im wahrsten Sinne des Wortes Tag und Nacht mit Anrufen bombardiert wurden.

Kaum etwas anderes kostet so viel Zeit und Nerven wie das Telefon. Das ist nicht nur im Geschäftsleben oder bei Behörden so, auch viele Familien, zum Beispiel mit heranwachsenden Jugendlichen, können ein Lied von der „Telefonitis“ und den damit verbundenen Kosten singen.

Umgekehrt können die Menschen, die anrufen, nicht wissen, daß Sie mit Ihrer Familie beim Abendessen sitzen, gerade zum Einkaufen wollen und im Mantel dastehen oder im Moment mit Ihrem Jüngsten über den Hausaufgaben sitzen. Was können Sie also tun?

Die Lösung des Problems kann sehr verschieden ausfallen, aber das Ziel ist eindeutig: Telefoniert wird nur, wenn Sie es wollen, zu Zeiten, die Ihnen genehm sind und zu denen Sie auch auf Telefonieren eingestellt sind.

In der Regel ist es ausreichend, wenn Sie Zeiten festlegen, zu denen Sie für Freunde, Bekannte, Verwandte oder Geschäftspartner erreichbar sind. Teilen Sie Ihren Anrufern diese Zeiten mit. Zu allen anderen Zeiten ist das Telefon sehr leise gestellt, lediglich der Anrufbeantworter ist dran. Sie heben den Hörer nicht ab, es sei denn, Ihnen ist der Anruf wichtig genug, um ihn persönlich entgegenzunehmen.

Umgekehrt gilt natürlich auch, daß Sie sich disziplinieren müssen. Legen Sie Zeiten fest, zu denen Sie Telefonanrufe erledigen wollen, und zu denen Sie auch nicht gestört werden. Das könnte beispielsweise während des Mittagsschlafs der Kinder sein. Und denken Sie an die alte Regel, die früher die Telefonzellen zierte: „Fasse Dich kurz!“

Wie Sie Ihr Verhalten ändern können

Im folgenden einige Ratschläge, wie Sie Ihr Verhalten ändern können:

- Tragen Sie Konflikte so bald wie möglich sachlich und ohne persönliche Angriffe aus, und vermeiden Sie lange schwelende und unterschwellige Aggressionen.
- Tun Sie mindestens einmal in der Woche etwas für sich. Planen Sie beispielsweise einen Abend ein, an dem Sie an einem Yoga-Kurs teilnehmen, zum Nähen gehen, sich mit einer Freundin treffen oder einen Vortrag besuchen.
- Seien Sie beharrlich. Geben Sie auch gegenüber Ihrer Familie nicht zu schnell nach, sondern fordern Sie Ihre Rechte ein.
- Lassen Sie vor allem Ihren Partner wissen, was Sie denken. Sprechen Sie Konflike und Mißstimmungen offen an, auch wenn es „nur“ Kleinigkeiten sind. Oft reicht ja schon ein falsches Wort zur falschen Zeit, um den anderen zu treffen.

Ihre stille Stunde

„Nein“ zu sagen wird Ihnen nicht nur Zeit bringen, sondern es wird Ihr Verhältnis zum Partner, zu den Kindern, zu Freunden und Bekannten deutlich verbessern. Und es wird Ihr Selbstbewußtsein stärken, wenn Sie merken, daß andere Sie gerade wegen Ihrer klaren Standpunkte bewundern.

Ein Punkt der oben aufgeführten Ratschläge soll noch einmal herausgegriffen werden: Etwas für sich tun. Stellen Sie sich vor, Sie haben schon an Ihren Stärken und Schwächen gemerkt, daß Sie viel zu viel Zeit in einem Verein verbringen, in dem Sie zudem von allen anderen kräftig für deren Interessen eingespannt werden. Als Sie es endlich geschafft haben, „Nein“ zu sagen, Ihre ehrenamtlichen Tätigkeiten eingeschränkt haben, verfügen Sie plötzlich über freie Zeit. Wie wäre es mit einer täglichen schöpferischen Pause? Legen Sie einen Zeitraum fest, an dem Sie sich zurückziehen und gedanklich auf den Tag vorbereiten können.

Konzentrieren Sie sich in dieser Zeit der inneren Einkehr ganz auf Ihren Atem, und lassen Sie dabei den Gedanken freien Lauf. Lassen Sie den vor Ihnen liegenden oder den gerade vergangenen Tag vor Ihrem geistigen Auge Revue passieren, und fragen Sie sich, was Sie hätten anders machen können. Wovor hatten Sie Angst? Wann haben Sie sich gelangweilt und warum? Wieso hatten Sie Schuldgefühle, beispielsweise „Nein“ zu sagen? Außerdem fliegen einem zu solchen Zeiten viele gute Einfälle zu, die sich dann sinnvoll wieder in den kommenden Tag einbauen lassen.

Wichtig ist, daß Sie die gewonnenen Stunden nicht mit anderen Aktivitäten vollstopfen, sondern sich Zeit für sich selbst nehmen.

Wann die stille Stunde wirklich wichtig ist

Auch das gehört zum Neinsagen: Machen Sie Ihrer Familie klar, daß diese Zeit ausschließlich für Sie reserviert ist, daß Sie auf keinen Fall gestört werden möchten, und ziehen Sie sich in einen Raum zurück, in dem es ruhig ist. Kein Telefon, keine Hausklingel, keine Musik und kein Kindergeschrei sollte Sie zu dieser Zeit aus dem Takt bringen. Ich weiß, wie schwierig dies beispielsweise für berufstätige Mütter zu verwirklichen ist, die nur selten auf diese Weise zur Ruhe kommen können. Trotzdem: Stehen Sie vielleicht eine Viertelstunde früher auf, oder nehmen Sie sich die Zeit kurz vor dem Zubettgehen. Auch wenn Sie müde sind, ist das trotzdem keine verlorene Zeit.

Die Lustpause

Vor allem Familien mit kleinen Kindern leiden unter dem immer gleichen, oft langweiligen und strapaziösen Tagein-Tagaus-Programm und wünschen sich mehr Abwechslung. Verständlich, denn nur zu oft ziehen sich beispielsweise kinderlose Freunde und Bekannte zurück, weil sie die Sorgen und Nöte der jungen Familie nicht teilen und bisher gemeinsam durchgeführte Aktionen nun nicht mehr möglich sind. So werden Männer und Frauen auf ihre Rollen als Mütter und Väter reduziert und haben häufig genug kaum Möglichkeiten auszubrechen. Die häufige Folge: Frust auch in der Liebe.

Der bekannte Schweizer Familientherapeut Jörg Willi hat in diesem Zusammenhang für eine Lustpause plädiert, eine Zeit, die nur für die Partner reserviert ist und in der ganz bewußt eine Veränderung des Umfeldes herbeigeführt wird. Planen Sie so etwas doch einmal: Die Kinder werden für ein Wochenende bei der Oma untergebracht, und Sie und Ihr Partner buchen sich ein Entspannungswochenende auf einer Schönheitsfarm oder in einem Hotel mit Sauna, Swimmingpool, Moorbad, Massage und hervorragendem Essen. Wellness heißt hier das Stichwort, also lassen Sie es sich gutgehen. Genießen Sie es, sich abends bei Kerzenschein bedienen zu lassen, trinken Sie einen guten Wein und nehmen Sie sich Zeit für die Liebe. So etwas wirkt anregend, belebt Ihre Beziehung und gibt neue Kraft, den Alltag positiv anzugehen.

Oder vielleicht freuen Sie sich ja auf ein Kultur- oder Aktivwochenende: Besuch von Museen, Opern, Musicals oder eine Ballonfahrt ... Möglichkeiten, hier auch preisgünstig ein schönes Wochenende zu zweit einzuplanen, gibt es viele, und wenn nicht gerade Ferienzeit ist, bieten viele Hotels Sonderkonditionen an.

Ein schlechtes Gewissen brauchen Sie deswegen wahrlich nicht zu haben, denn auch Ihre Kinder profitieren davon, wenn ihre Eltern sie wieder gutgelaunt und erfrischt in Empfang nehmen.

Bringen Sie Überraschung in Ihr Leben

Als wir uns kennenlernten, war Manfred ein aufmerksamer und charmanter Liebhaber, der mich zum Essen einlud, mir viele kleine Dinge mitbrachte, keine Termine vergaß und überaus zärtlich war. Heute, so klagte Karin, sei das alles vorbei. Ihr „charming boy" sei zu einem langweiligen „Couchpotato" mutiert, und sie würde sich nur noch in ihrer Mutterrolle, aber nicht mehr als Frau wahrgenommen fühlen.

Leider machen viele Frauen diese Erfahrung, und umgekehrt bleiben auch die Männer nicht davon verschont. Das ist nicht nur ein Beziehungsproblem, sondern auch verschenkte Zeit, die man aufmerksam mit dem Partner verbringen könnte, gelebte und geliebte Zeit. Aber gegen Couchpotatos und Lockenwickler gibt es ein

Rezept: Durchbrechen Sie den Alltag mit vielen kleinen aufregenden und schönen Momenten und Überraschungen. Schließen Sie die Augen, und stellen Sie sich ein Candlelight-dinner am Abend mit einer selbst zubereiteten Lieblingsspeise und einem perfekt gedeckten Tisch vor. Oder überlegen Sie, wie ein paar unerwartet mitgebrachte Blumen, ein witziges Souvenir am Rande, ein paar liebe und aufmunternde Zeilen oder ein paar Kinokarten Schwung und Leben in den Alltag bringen. Spielt am Wochenende nicht der Lieblingsfußballverein meines Mannes, für den er so gerne Karten hätte? Tritt nicht im Theaterhaus der Lieblingstänzer meiner Frau auf? Kommt nicht am Mittwoch abend ein ganz besonderer Krimi im Fernsehen, den wir gemeinsam mit einem guten Glas Sekt anschauen können?

Es gibt viele Möglichkeiten, mit denen sich der Alltag bunter und schöner gestalten läßt. Sie sparen dadurch natürlich keine Zeit, aber sie nutzen die Ihnen gegebene Zeit besser aus, weil Sie sie bewußter erleben und nicht nur einfach an sich vorbeistreichen lassen.

Denn es geht uns ja nicht nur darum, die zur Verfügung stehende Zeit besser einzuteilen, sondern auch innerhalb der gegebenen Zeit mehr Lebensqualität zu erfahren. Sie werden sehen: Die vielen kleinen, liebevollen Überraschungen machen nicht nur Ihren Alltag bunter, sondern sie beleben auch Ihre Beziehung und werden auf diese Weise auch Sie selbst bereichern.

Und es gibt noch einen anderen, genauso wichtigen Aspekt dieser Überraschungsmomente und Inszenierungen: Erfahrungen und Erinnerungen machen die Summe des Lebens aus, und so ist es wichtig, möglichst viele Dinge im Gedächtnis zu behalten. Das aber fällt uns um so leichter, je mehr sich die Ereignisse vom Alltag abheben, also Dramatik, Spannung, Witz und Überraschung besitzen.

Wie es weitergeht

Wenn auch viele Menschen die Kunst des Neinsagens nicht beherrschen, so ist das noch lange kein Grund, den Kopf in den Sand zu stecken. Partnern, Kindern oder Freunden gegenüber einmal ein klares „Nein“, oder zumindest eine kleine Notlüge entgegenzusetzen, ist der erste Schritt, anderen Verantwortung zu übertragen, klare Grenzen zu stecken und sich selbst aus der Schußlinie zu bringen. Dabei fällt vor allem eines an: mehr Zeit und Raum für Sie. Und das genau wollen wir ja erreichen.

Außerdem ist es wichtig, Freiräume im Alltag zu schaffen, den eingefahrenen Alltagstrott mit Leben zu versehen, um die miteinander verbrachte Zeit zu genießen und sich an die erlebten Jahre erinnern zu können.

Regisseur des eigenen Lebens sein

Wer sich selbst vertraut, kann Herausforderungen im Leben positiv bewältigen und sich auf Veränderungen freuen. Dies gelingt jedoch nur, wenn Sie das Gefühl haben, Einfluß auf die Ereignisse nehmen zu können. „Ich bin der Regisseur in meinem Leben“, muß der Glaubenssatz heißen. Dabei helfen Strategien, die es uns erlauben, Zeit zu sparen, und Entspannungsübungen, die dazu beitragen, Streß abzubauen und neue Kraft zu schöpfen.

Urlaub mit Kindern – So machen Sie es richtig

Ingrid und Martin wollten zum erstenmal seit Jahren mit ihren beiden kleinen Kindern mal wieder richtig Urlaub machen. Dazu hatten Sie in Italien ein schönes Hotel gebucht und freuten sich schon seit Wochen auf die gemeinsamen schönsten Tage des Jahres. Aber alles sollte anders kommen. Die Autofahrt hin und zurück wurde zum Horrortrip mit Staus, Kindergebrüll und glühender Hitze, der Strand glich einem Exerzierplatz mit in gerader Reihe stehenden Liegestühlen, und das schnuckelige Hotel entpuppte sich als Bettenburg, die der Familie den unpersönlichen Rhythmus eines Massenbetriebes aufzwang.

Solche Erfahrungen müssen nicht sein, denn sie sind eine Zeitvergeudung ersten Ranges. Die mühsam dem Alltag abgezwackte und miteinander verbrachte Zeit wird so nicht nur verschleudert, sondern hinterläßt bei allen Beteiligten ihre unangenehmen Narben.

Vor allem für kleinere Kinder bedeuten die Ferien meist Streß, denn sie sind mit einem Wechsel des Ortes und der liebgewonnenen Gewohnheiten verbunden. In diesem Sinne sind Kinder sehr „konservativ“ und ziehen, so scheint es, Balkonien der Sonne und dem Strand vor. Es lohnt sich daher, bei der Urlaubsplanung genau vorzugehen, um solch unangenehme Erfahrungen zu vermeiden.

Für viele Mütter und Väter ist wichtig, im Urlaub auch einmal Zeit für sich zu haben, fernab von häuslichen Pflichten und Kindergequengel. Daher kann eine professionelle Kinderbetreuung einige Stunden am Tag schon deutliche Entlastung bedeuten. Viele Hotels, aber auch Camperferien und Clubs bieten die Möglichkeiten einer gut geführten Kinderbetreuung an, und Sie sollten sich überlegen, ob Sie diesen Service nicht auch einmal für sich in Anspruch nehmen wollen.

Der richtige Zeitpunkt

Gerade Familien mit kleinen Kindern sind noch nicht auf die Schulferien angewiesen und können die günstigen Tarife der Vor- und Nachsaison für ihre Urlaubsplanung nutzen. Hotels, Ferienwohnungen, Strände und Verkehrswege sind frei, Kellner und Ladenbesitzer freundlich, und überhaupt ist alles sehr viel entspannter als zur Hauptsaison. Nachteil: Manche Attraktionen am Urlaubsort sind nicht in Betrieb, die eine oder andere Gaststätte hat geschlossen, und vor allem im Frühsommer ist das Baden im Meer leider nur ein kurzes, kaltes Vergnügen.

Für Familien mit schulpflichtigen Kindern bieten sich aber auch die Oster-, Pfingst- und Herbstferien als Reisezeiten an, da es zu diesen Zeiten oft günstige Quartiere gibt, die Klimaumstellung nicht belastend ist und noch keine drangvolle Enge herrscht.

Die Wahl des Urlaubsziels

Für alle Kinder – und für die meisten Erwachsenen – sind lange Anreisen eine Qual. Gerade Familien mit Kindern sind aus Platz- und Geldgründen oft auf die Anfahrt mit dem eigenen Auto angewiesen und nutzen diese Reisemöglichkeit auch aus, wie die kilometerlangen Staus zu Ferienzeiten beweisen. Da die Kinder aus Sicherheitsgründen angeschnallt auf den Rücksitzen bleiben müssen und sich praktisch nicht bewegen können, setzen ihnen Hitze und Langeweile sehr zu. Häufig ist der Erholungswert einer Reise schon verbraucht, wenn man nach der Heimreise total erschöpft, übermüdet und gestreßt zu Hause ankommt.

Für Familien sind am Urlaubsort selbst ganz andere Dinge entscheidend als für Paare oder Singles. Natürlich genießen Mütter und Väter auch, nicht einkaufen und kochen zu müssen, aber in einer gezwungenen, steifen Hotelatmosphäre tauchen schnell unbehagliche Situationen auf, und ein schöner Swimmingpool nützt ohne separates Kinderbecken gar nichts. Der Strand sollte flach ins

Wasser abfallen, und auf heftigen Wind und hohe Wellen, wie sie Surfer so lieben, können die Kleinen gut verzichten. Viel wichtiger ist da eine vernünftige Infrastruktur vor Ort, mit einfachen, aber gemütlichen Restaurants, Einkaufsmöglichkeiten, Eisbuden und vielleicht ein paar kleinen Attraktionen für die Jüngsten.

Die Wahl der Unterkunft

Oft stellt sich auch die Frage, ob Hotel, Ferienwohnung oder Camper für einen Familienurlaub die beste Alternative ist. Heutzutage gibt es eine Reihe von Veranstaltern, die für alle Urlaubsarten kindgerechte Alternativen anbieten, welche obendrein auch noch preisgünstig sind. Außerdem haben sich zahlreiche Hotels in Deutschland, Österreich und der Schweiz in Arbeitsgemeinschaften zusammengetan, um Familien schöne Ferien zu ermöglichen, die nicht mit aufwendigen Anfahrten, dafür aber mit komplettem Service und Kinderbetreuung aufwarten können.

Überlegen Sie also vor allem mit kleinen Kindern, wann, wohin und wie genau Sie einen Urlaub verbringen wollen. Besprechen Sie vorher mit dem Partner, welche Wünsche, Erwartungen und Vorstellungen Sie haben, um Enttäuschungen zu vermeiden. Mit Planung, Vorausschau und einer ruhigen, entspannten Haltung haben die schönsten Tage des Jahres eine Chance, auch zu dem zu werden, was Sie verdienen: eine Zeit, die Sie genießen und an die Sie gerne zurückdenken.

Immer diese Feiertage

Alle Jahre wieder ... Für viele ein Horrortrip schlechthin. Steckt nicht in jedem von uns eine Wunschvorstellung, wie die Feiertage sein sollten? Nehmen wir Weihnachten: Zu keinem anderen

Anlaß des Jahres verzeichnen wir so viele Scheidungen und Familiendramen wie ausgerechnet am Fest der Liebe und Besinnlichkeit. Liegt das daran, daß jeder seinen Traum träumt, der dann doch nicht in Erfüllung geht? Liegt es, wie Psychologen meinen, an den vielen unausgesprochenen und oft gegensätzlichen Erwartungen an das Fest der Feste? Statt der sehnsüchtig erwarteten festlichen Stimmung drängt sich der hektische und stressige Alltag in den Vordergrund und verdrängt unsere Wünsche und Träume. Wie schaffen wir es, Feste zu einem persönlichen Erfolg für alle werden zu lassen, sie friedlich und harmonisch zu begehen und damit verbrachte Zeit auch zu genießen?

Machen Sie also Abstriche an Ihren Träumen und Vorstellungen, versuchen Sie realistisch zu sein, dann haben Sie gute Chancen, harmonische Feiertage zu verbringen.

Ein paar Regeln

- Versuchen Sie möglichst rechtzeitig mit allen Beteiligten abzustimmen, wie ihre gemeinsamen Festtage aussehen sollen. Besprechen Sie Ihre Vorstellungen, Wünsche, Träume und Erwartungen, und legen Sie fest, was genau Ihnen wichtig ist. Vielleicht wollen Sie ja dieses Jahr auf den Besuch der Großeltern, Eltern und Schwiegereltern verzichten und lieber in einen Wintersportort fahren, um Weihnachten ganz romantisch, umgeben von verschneiten Pisten, zu feiern? Oder Sie würden anstatt Opa und Oma gerne Freunde und deren Kinder einladen? Vielleicht ist Ihnen aber auch ein ganz traditionelles Weihnachten wichtig, und Sie bevorzugen es, ganz im Kreise Ihrer Lieben zu Hause zu sein? Wie auch immer: Reden Sie darüber!

- Machen Sie rechtzeitig vor Beginn des Festes einen genauen Plan, in dem Sie festlegen, was zu tun ist und wer es wann tut. Viele Vorbereitungen lassen sich nämlich schon im Vorfeld der großen Tage erledigen und müssen nicht in der üblichen Hektik noch schnell zwischengeschoben werden. Das ist rationell, spart Zeit und schont die Nerven. So können beispielsweise Weihnachtskarten und -schreiben entworfen oder auch Pakete ohne verderbliche Ware im Vorfeld gepackt werden. Das betrifft auch das Einkaufen, Kochen und Backen. Damit Sie in der Küche über die Feiertage nicht zum Galeerensklaven werden, sollten Sie im Vorfeld überlegen, was Sie kochen und backen wollen. Kaufen Sie die lagerfähigen Zutaten rechtzeitig ein, und delegieren Sie ruhig mal das Kochen, den Einkauf oder den Abwasch. Hier gilt: Überfordern Sie sich nicht!
- Auch Geschenke sind ein leidliches und beileibe nicht nur vorweihnachtliches Kapitel. Dabei kommt es weniger auf den großen Geldbeutel als auf den persönlichen Charakter des Geschenkes an. Basteln Sie mit den Kindern, schenken Sie Ihrem Partner gemeinsam verbrachte Zeit mit Konzertkarten, einem Kinobesuch, einem gepflegten Abendessen ... Überlegen Sie sich in einer stillen Stunde schon lange vor Weihnachten, wem Sie was schenken wollen, und besorgen Sie es einfach nebenbei. Damit wird der vorweihnachtliche Rummel um die Geschenke entzerrt, und gleichzeitig kann man mit dieser Methode auch noch das eine oder andere Schnäppchen machen.
- Nehmen Sie sich Zeit füreinander. Sowohl Besuche als auch Einladungen können erfreulich sein, aber sie sollten nicht Ihre ganze Zeit in Anspruch nehmen. Mindestens ein Tag ist vollständig für die Familie reserviert, und an diesem wird nur ausgespannt, gelesen, gespielt oder spazierengegangen. Vielleicht reicht an einem solchen Tag ein aufgewärmtes Essen oder Sie

gehen ins Restaurant, um nicht wieder in der Küche zu stehen. Gibt es Spannungen, ist jetzt auch Zeit für eine Aussprache, die im Alltag vielleicht untergegangen ist. Nutzen Sie die Tage, um sich gemeinsam an schöne Zeiten zu erinnern, Probleme anzusprechen und sich wieder näherzukommen. Natürlich ändern sich eingefahrene Verhaltensweisen nicht über Nacht, aber Sie sollten sich auf jeden Fall eine Chance geben.

Dem Streß Einhalt gebieten

Der Termin beim Zahnarzt drängt, das Telefon klingelt heute wieder pausenlos, der Abwasch stapelt sich, und die Kinder quengeln – die tägliche Hetze kostet uns sehr viel Nerven und Kraft. Wir klagen darüber, daß wir uns gestreßt fühlen und lassen uns müde ins Bett fallen, um schlaflos darüber nachzugrübeln, was am nächsten Tag alles ansteht. Gerade in Familien sind viele Mütter und Väter überfordert, und sogar viele Kinder zeigen mittlerweile alle Symptome von Dauerstreß.

Aber was ist das eigentlich, Streß? Zunächst einmal eine körperliche Reaktion auf das Gefühl, überfordert zu sein, bedroht zu werden oder Angst zu haben. Der Körper reagiert darauf, indem er sich in eine Flucht- oder Kampfreaktion versetzt: Der Puls steigt, Blutdruck und Muskelspannung erhöhen sich, das Blut gerinnt schneller, die Verdauungstätigkeit ist eingeschränkt. Solche körperlichen Reaktionen waren in unserer Menschheitsentwicklung sicher einmal ganz sinnvoll, beispielsweise um schnell genug kämpfen oder weglaufen zu können. In der heutigen Zeit laufen diese Streßreaktionen zumeist ins Leere, weil keine körperliche Aktivität folgt. Hinzu kommt, daß die streßauslösenden Reize oft kurz nacheinander ablaufen – dem Körper fehlen ausreichende Entspannungsphasen.

Streß macht krank, läßt uns nicht mehr richtig denken und ist ein typischer Zeitkiller in mehrfacher Hinsicht. Um so wichtiger ist es, dem Streß auch schon bei den Kindern Einhalt zu gebieten. Richtig ist: Ein Leben ohne Streß wird es nicht geben, aber es ist wichtig, Phasen der Entspannung mit Zeiten, in denen die Anspannung wächst, abzuwechseln. Dann können wir auch mit stressigen Situationen sehr viel lockerer umgehen.

Neuer Schwung mit Entspannung!

Sie kennen in Ihrer Umgebung doch sicher auch Menschen, die selbst in schwierigsten Phasen ruhig und gelassen bleiben? Lebenskünstler, die angesichts größter Katastrophen das Beste aus der Situation machen? Menschen, für die graue Wolken am Himmel noch lange kein Grund zum Trübsalblasen sind? Vielleicht gilt für sie auch ein Satz aus der fernöstlichen Philosophie: „In der Ruhe liegt die Kraft." Sie haben einen wachen Geist in einem ruhigen Körper.

Doch nun ist es leider so, daß sich die meisten Menschen kaum entspannen können. Wie auch, werden Sie sagen, bei all der Hetze und dem ständigen Druck. Auf Dauer führt das zu Schlafstörungen und Schwitzen. Herzstolpern sowie Schwindelgefühle oder Atembeschwerden sind nur einige Symptome ständiger Anspannung. Deshalb gehört ein richtiges Entspannungstraining längst zu einem gesunden Lebensstil. Denn wer sich körperlich entspannt, beruhigt die Seele und erfrischt den Geist.

Entspannen und Kraft tanken

Es ist überaus wichtig, Zeiten in den Alltag einzubauen, zu denen Sie sich schnell und wirksam entspannen können – um Kraft zu tanken und sich den Aufgaben in alter Frische widmen zu können. Hierzu stehen Ihnen eine ganze Reihe von Verfahren zur Verfügung, aus denen Sie je nach Lust und Laune, aber auch nach Neigung und Vorlieben auswählen können. Kurse hierzu bieten beispielsweise Volkshochschulen, aber auch Krankenkassen an.

Wir wollen Ihnen hier drei ausgewählte und bewährte Möglichkeiten der Entspannung vorstellen. Eine gute Methode, zu einer tiefen inneren Ruhe zu gelangen, ist das **Autogene Training.** Mit diesem auch als Selbsthypnose bezeichneten Verfahren lassen sich überschießende Körperreaktionen wie Schwitzen oder Herzklopfen dämpfen, ein vegetatives Gleichgewicht wird hergestellt und die Leistungsfähigkeit gesteigert. Das in den 20er Jahren von dem Arzt und Psychotherapeuten Johannes Heinrich Schultz entwickelte Verfahren ist ein wichtiger Bestandteil in der Prävention von Krankheiten und der Förderung eines gesunden Lebensstils. Neben dem Autogenen Training ist auch die **Progressive Muskelrelaxation** ein hervorragendes Mittel gegen Streß und seine Begleiterscheinungen. Während bei ersterem die Entspannung mit dem Aufsagen von Formeln erworben wird, wird bei der Progressiven Relaxation jeder einzelne Muskel des Körpers angespannt und entspannt und der Körper somit in einen tiefen Ruhezustand gebracht. Als eine weitere Technik bietet sich die **Akupressur** an, die auf uraltem chinesischem Wissen beruht. Ein Druck, gewußt wo, und die Lebensenergie fließt wieder ungehindert in ihren Bahnen. Auch die **Meditation** wirkt gegen Streß und wird mittlerweile sogar zur Unterstützung bei der Heilung vieler chronischer Erkrankungen eingesetzt.

Üben, üben, üben

Zur Entspannung gehört, die Dinge einfach geschehen zu lassen und nicht immer dagegen anzukämpfen. Wer dabei sehr unruhig wird, darf die Übungen unterbrechen und etwas herumlaufen.

Allerdings ist bei all diesen Techniken wichtig, sie auch zu üben. Nur die regelmäßige Übung, täglich mindestens 20 Minuten, macht hier den Meister, der bekanntlich nicht vom Himmel fällt. Seien Sie also hartnäckig, und geben Sie auf keinen Fall gleich wieder auf. Am besten, Sie lernen die Verfahren bei einem guten Lehrer, um auch wirklich Erfolge zu erzielen.

Das Autogene Training

Die Technik des Autogenen Trainings kann fast jeder erlernen – sie beruht auf einem reinen Übungsprogramm und nicht etwa auf Magie. Versehen Sie das tägliche Übungsprogramm mit einem kleinen Ritual: Schließen Sie die Tür, und signalisieren Sie Ihrer Familie, daß Sie jetzt ungestört sein wollen. Ziehen Sie die Vorhänge zu, und sorgen Sie für eine wohlig entspannte Atmosphäre im Raum. Damit schaffen Sie sich eine kleine Oase der Ruhe im Alltagsstreß. Außerdem ist das Autogene Training eine gute Methode gegen aufkommenden Trübsinn, denn wissenschaftliche Untersuchungen haben ergeben, daß es auch gegen Depressionen hilft.

Seit über 50 Jahren ist das Autogene Training bekannt; und zwar als eine der besten Möglichkeiten, eine tiefe Entspannung zu erreichen. Die Methode wurde von Prof. Schultz, der damit seelische Störungen behandelte, entwickelt. Er fand heraus, daß einige seiner Patienten durch eine Art Selbsthypnose in der Lage waren, ein Gefühl von Schwere und Ruhe zu empfinden.

Dabei entspannen sich die Muskeln, die Atmung wird langsamer, und auf Dauer stellt sich eine zunehmende Gelassenheit ein. Regelmäßige Übung wird bald zu einer tiefen inneren Ruhe führen, die wiederum zur Harmonisierung des vegetativen Nervensystems beiträgt. Gleichzeitig lassen sich überschießende Reaktionen – wie etwa Herzklopfen, starkes Erröten oder übermäßiges Schwitzen –

dämpfen. Darüber hinaus stärkt Autogenes Training das Immunsystem und damit die Selbstheilungskräfte des Körpers – Husten und Schnupfen kann man wirksam vorbeugen. Und es steigert die Konzentrationsfähigkeit und damit die Leistung. Mittlerweile wird die Kunst der Tiefenentspannung von Ärzten bei vielen psychosomatischen Krankheiten wie Schlafstörungen, Angstzuständen, Bluthochdruck und Verdauungsbeschwerden empfohlen. Niedergelassene Ärzte, Psychologen und auch Volkshochschulen bieten Kurse an, um die Kunst der Tiefenentspannung zu lernen. Warum also nicht die dunkle Jahreszeit, zu der man sich ohnehin verstärkt in geschlossenen Räumen aufhält nutzen, um die Methode auszuprobieren?

Autogenes Training – Eine Übungsstunde

Im klassischen Sinne wird das Autogene Training am besten in der Droschkenkutscherhaltung durchgeführt, aber auch jede andere bequeme Sitzposition (Flegelhaltung) ist geeignet. In der Droschkenkutscherhaltung sitzt man auf dem vorderen Teil des Stuhles und knickt im Lendenwirbelsäulenbereich ein. Die Knie stehen auseinander, aber die Fersen stehen auf dem Boden auf. Die Unterarme ruhen locker auf den Oberschenkeln. Die Augen werden geschlossen und der Kopf wird so weit nach vorne gebeugt, daß das Kinn auf dem Brustbein aufliegt.

Die ersten Übungsformeln sind:
„Ich bin ganz ruhig ..."
„Alle Geräusche sind gleichgültig ..."
Nehmen Sie diese Formeln ernst. Konzentrieren Sie sich darauf. Oft wirken diese Formeln erst nach vielen Wochen, dann aber erleichtern Sie Ihnen das Konzentrieren zuverlässig. Denken Sie an das regel-

mäßige Üben.
„Der rechte Arm ist schwer ..."
„Der linke Arm ist schwer ..."
„Beide Arme sind schwer ..."
„Beide Beine sind ganz schwer ..."
„Alle Glieder sind schwer ..."

Wenn Sie nach ein paar Minuten das Gefühl haben, sich ruhig zu fühlen bzw. Ihre Arme und Beine werden schwer, dann nehmen Sie die Übung wieder zurück:

„Arme fest ..."
Fäuste ballen und die Arme mehrmals mit Schwung an den Körper heranziehen. Tief ein- und wieder ausatmen – mehrmals. Augen auf und weit öffnen, um wieder Kontakt mit der Welt aufzunehmen.

Die Progressive Muskelentspannung

Die Progressive Muskelentspannung ist leicht zu erlernen, und auch Personen, die weniger für Suggestionen zugänglich sind, kommen gut damit zurecht. Das Ziel ist eine tiefe seelische Entspannung, wobei der Vorteil gegenüber dem Autogenen Training ist: Erste Erfolge stellen sich bereits nach den anfänglichen Übungen ein.

Erfunden wurde die Progressive Muskelentspannung von dem Arzt Edmund Jacobson, der sich zu Beginn des Jahrhunderts intensiv mit der Funktionsweise der Muskulatur beschäftigte. Dabei erkannte er, daß innere Spannungszustände, Angst und Streß zu einer Anspannung der Muskeln führen. Im umgekehrten Fall stellte sich heraus, daß entspannte Muskeln auch auf die Psyche und die Gehirnaktivität Einfluß nehmen. Damit wirkt die Methode Krankheiten entgegen, die durch Spannungszustände hervorgerufen werden –

allen voran Schlafstörungen, Bluthochdruck und Immunschwäche. Im Prinzip funktioniert die Jacobson Methode folgendermaßen: Einzelne Muskelgruppen – Hände, Unterarme, Oberarme, Schultern, Nacken, Rücken, Stirn, Augenpartie, Wangen, Kiefer etc. – werden der Reihe nach kurzzeitig angespannt und anschließend wieder gelockert. Auf die Dauer stellt sich ein tiefer Ruhezustand in den Muskeln ein und dadurch auch eine tiefe innere Ruhe. Dieser Kreis vertieft sich immer mehr: Je entspannter der Körper, desto ruhiger die Psyche, der Körper entspannt daraufhin wiederum besser ...

Progressive Relaxation – Ein Entspannungsübung

Suchen Sie sich einen ruhigen, ungestörten Raum und eine weiche Unterlage; die Übungen werden im Liegen durchgeführt. Achten Sie auf Ihren Atem, indem Sie tief in den Bauch einatmen, den Atem anhalten und dann spüren, wie mit dem Ausströmen der Luft auch alle Spannung entweicht. Jetzt normal, gelassen und locker weiteratmen. Spannen Sie während der Übungen die verschiedenen Muskeln innerhalb von 10 Sekunden immer fester an. Halten Sie dann die erreichte maximale Anspannung noch etwa 5 Sekunden lang, bevor Sie langsam loslassen. Spannen Sie bei den Übungen die Muskeln nie so stark, daß sie zu schmerzen beginnen.

Die Arme entspannen:
Lockern Sie die Muskelspannungen in Armen und Beinen, indem Sie sich, so gut es geht, entspannen. Ballen Sie jetzt Ihre rechte Hand zu einer Faust, und ziehen Sie die Fäuste gegen die Oberarme. Verstärken Sie langsam aber stetig den Druck. Die Faust wird immer härter. Fühlen Sie die Spannung in Ihrer rechten Hand, in Ihrem Unterarm ... (fünf Sekunden).

Und nun entspannen Sie sich. Lassen Sie die Finger Ihrer rechten Hand locker werden, und erleben Sie das angenehme Gefühl. Lassen Sie alle Spannungen los, und spüren Sie, wie die Entspannung sich in Ihrem Arm und Körper ausbreitet ... (etwa 20 Sekunden).

Und nun machen Sie das Gleiche mit Ihrer linken Hand (anspannen fünf Sekunden, entspannen etwa 20 Sekunden).

Diese Übung läßt sich nacheinander auf jedes einzelne Körperteil ausdehnen: Arme, Gesicht, Schultern, Nacken, Rücken, Bauch ...

Akupressur – die Seele auf den Punkt bringen

Sind Sie müde, verspannt oder abgeschlagen? Haben Sie häufig Kopfschmerzen und werden schnell krank? Das ist ein deutliches Zeichen dafür, daß Psyche und Körper großem Streß ausgesetzt sind. Dagegen kann ein einfaches Verfahren aus dem alten China helfen, hinter dem jahrtausendealtes Wissen steckt: die Akupressur. Diese Punktmassage ist ein sehr gutes Mittel, um vor allem seelisch-nervöse Leiden wie Depressionen, Ängste, Nervosität und Schlafstörungen sowie die daraus folgenden organischen Störungen sanft zu behandeln. Die Punkte, die gedrückt, geklopft oder leicht massiert werden, sind fast identisch mit denen, die bei der Akupunktur mit feinen Nadeln gestochen werden. Bei beiden Verfahren soll die Energie wieder ungehindert in den 33 Bahnen (Meridiane), die den menschlichen Körper durchziehen, fließen können.

Krankheit ist nach dieser Philosophie auf eine Blockade zurückzuführen, die gelöst wird, wenn man den entsprechenden Punkt auf dem Meridian reizt. 361 solcher Punkte kennen die Chinesen. Leichtere Störungen lassen sich mit der Akupressur selbst behandeln – man muß nur den richtigen Punkt finden. Mit ein wenig Fingerspitzengefühl läßt sich die Methode aber leicht erlernen. Es gibt Punkte, die eher beruhigen, andere, die eine aktivierende Wirkung haben, wieder andere gleichen aus und sind deshalb hervorragend dazu geeignet, um gegen Wetterreize anzugehen. Fast alle Punkte befinden sich spiegelbildlich auf beiden Körperseiten; es ist ratsam, sie beide zu massieren.

Abgespanntheit: Drücken Sie rechts und links im Nacken – neben der Wirbelsäule und dort, wo die Nackenmuskulatur ansetzt – zwei Punkte sieben Sekunden lang kräftig.
Depressionen: Eine Handbreit unter dem rechten Rippenbogen am Oberbauch befindet sich eine druckempfindliche Stelle. Pressen Sie diesen Punkt mehrmals hintereinander mit drei Fingern.
Nervosität ist eines der wichtigsten Gebiete, auf denen die Akupressur wirkt: Massieren Sie die Punkte auf der Mitte der Schädeldecke, auf der Brust unmittelbar vor den Achselhöhlen und hinter den Kinnladen vor den Ohren.

Atmung, Meditation und das innere Gleichgewicht

Wer seinen Körper und seinen Geist in ein Gleichgewicht bringen möchte, der kommt an seiner Atmung nicht vorbei. Im Alltag vergessen wir häufig, bewußt tief ein- und vor allem auszuatmen; wir atmen hektisch und flach, und nicht selten leidet dabei beispielsweise bei älteren Personen sogar das Gehirn unter Sauerstoffknappheit. Mit Hilfe fernöstlicher Meditationstechniken können Sie Ihren Atem regulieren.

1. Suchen Sie sich einen leicht abgedunkelten Raum, in dem Sie nicht gestört werden.
2. Nehmen Sie sich ein Kissen und setzen Sie sich im Schneidersitz auf den Boden. Profis bevorzugen den Lotossitz.

3. Ein voller Magen ist Gift für die Meditation. Am besten, Sie meditieren am Morgen oder am Abend, jeweils vor den Mahlzeiten.
4. Sie können Ihre Atmung mit Hilfe eines Mantras aus der Buddhistischen Meditation regulieren. Beim Einatmen denken Sie an die Silbe „OM“, beim Ausatmen an die Silbe „AH“, und wenn die Luft fast vollständig aus Ihren Lungen geströmt ist, an die Silbe „HUM“.
5. Lassen Sie Ihre Gedanken mit dem Fluß der Atmung kommen und gehen, aber versuchen Sie, sich auf das Atmen zu konzentrieren und nicht einzuschlafen. Meditative Musik kann dabei hilfreich sein.
6. Eine solche Meditationsübung darf etwa 20 Minuten dauern.

Wie es weitergeht

Je schneller die Zeitspirale sich in Ihrem Leben dreht, um so mehr bleibt die Freude an der verbrachten Zeit auf der Strecke. Dabei sollte es doch umgekehrt sein: Sie und Ihre Familie sollten genußvoll auf Ihre Kosten kommen, Zeit sparen und Zeit bewußt erleben. Gerade Urlaube und Feiertage sind aber Beispiele dafür, daß es oft nicht so ist.

Auf der anderen Seite ist es überaus wichtig, im Alltag Inseln der Entspannung und Oasen der Ruhe einzubauen, um stressige Momente, die wir alle nicht verhindern können, abzufedern. Denn mit Ruhe und Gelassenheit finden Sie die Kraft wieder, den Anforderungen Ihres Familienlebens zu begegnen. Entspannung und Meditation können Ihnen darüber hinaus ein neues Verständnis von Zeit vermitteln.

Ein Leben im Takt der inneren Uhr

Es gibt Tage, da will uns einfach nichts gelingen und wir fühlen uns ohne ersichtlichen Grund schlecht. Zu anderen Zeiten sind wir besonders gut gelaunt und alles klappt. Der Grund dafür liegt in unserer Natur: Der Mensch ist ein Teil des Universums und alles in unserem Leben läuft nach bestimmten Rhythmen. Einerseits werden wir von unserer „biologischen Uhr" bestimmt, andererseits hat auch unser Leben selbst Rhythmus und Strukturen. Deshalb gilt: Wer nicht aus dem Takt kommt, hat mehr vom Leben.

Der innere Taktgeber: der Biorhythmus

Schon als Kinder erleben wir den Wechsel der Jahreszeiten intensiv – vom Frühling mit seinen frischen Farben über den heißen und lebensfrohen Sommer, den Herbst, in dem die Tage kürzer werden bis zum Winter, in dem die Natur ruht. Wir meinen zwar, durch die zunehmende Technisierung weitgehend von äußeren Einflüssen frei zu sein, doch unverkennbar reagieren Körper und Seele auf rhythmische Veränderungen: Im Herbst und Winter steigt die Anfälligkeit für Krankheiten, die Geburtenzahlen verlaufen nach bestimmten Mustern über das Jahr verteilt, und unsere Stimmungen ändern sich je nach Jahreszeit und Lichteinwirkung.

Das Geheimnis der inneren Uhr

Schon Hippokrates ahnte, daß biologische Rhythmen den Menschen steuern und daß er gute und schlechte Tage hat. Allerdings sollte es noch bis zum Beginn des 20. Jahrhunderts dauern, ehe Chronobiologen begannen, sich wissenschaftlich mit der inneren Uhr des Menschen zu befassen. Diese Lehre von den zeitlichen Abläufen des Lebens versucht, Zusammenhänge zwischen der inneren Uhr des Menschen und äußeren Einflüssen zu erforschen. So fand ein Wissenschaftler heraus, daß die Blätter einiger Pflanzen, die sich bei Sonnenlicht öffnen und mit den letzten Strahlen wieder schließen, diesen Vorgang auch im dunklen Keller ohne Einwirkung von Licht wiederholen. Verblüfft schloß er daraus, daß die Pflanzen nicht nur der Sonne, sondern offensichtlich auch einem inneren Rhythmus folgen.

Die Folgerung war, daß bei Pflanzen und anderen Lebewesen eine innere Uhr, die – zusätzlich zu äußeren Einflüssen wie Umwelt oder Lebensstil – bestimmte Abläufe im Körper steuert.

Diese innere Uhr wird vererbt, und sie steuert verschiedene innere Rhythmen, die sich über Jahrmillionen entwickelt haben.

In vielen Experimenten haben Wissenschaftler versucht herauszufinden, nach welchem Prinzip diese innere Uhr beim Menschen funktioniert. Dabei stellte sich heraus, daß der körpereigene Rhythmus der Versuchspersonen nach einigen Tagen auf 25 Stunden angestiegen war. Offensichtlich stimmt er nicht mit der Erddrehung überein. Das bedeutet, daß die innere Uhr eigenen Gesetzmäßigkeiten folgt und keine Reaktion auf äußere Reize wie beispielsweise „Hell“ oder „Dunkel“ ist.

Der Takt bestimmt unser Leben

Zahlreiche Lebensfunktionen des Menschen verlaufen rhythmisch. Die biologischen Rhythmen sind dabei von unterschiedlicher Dauer. In manchen Fällen handelt es sich dabei um extrem kurze Zeiteinheiten – Hirnströme etwa oder auch der Herzschlag –, andere verlaufen im Stunden-Takt wie die Schlafphasen, wieder andere im Monatsrhythmus wie die Menstruation. Manche Zyklen, wie etwa die Fruchtbarkeit, schwanken über die gesamte Lebensdauer.

- Ultradiane Rhythmen dauern nur wenige Tausendstelsekunden bis hin zu Stunden, liegen jedoch immer unter einem Tag. Dazu gehören Hirnströme, Puls und Atmung, aber auch Empfindungen wie Hunger und Durst, der Wechsel von Traum- und Tiefschlafphasen und einige Funktionen des zentralen Nervensystems.
- Der Zirkadianer Rhythmus umfaßt einen ganzen Tag. Er ist am besten erforscht und steuert unter anderem den Schlaf-Wach-Rhythmus, Schwankungen der Körpertemperatur, des Blutdruckes und hormonelle Prozesse.

- Der Zirkaseptaner Rhythmus verläuft über sieben Tage und zeigt sich daran, daß bestimmte Krankheiten, wie beispielsweise ein grippaler Infekt, in diesem Rhythmus verlaufen.
- Unter Infradiane Rhythmen fallen alle Zyklen, die länger als einen Tag dauern, wie etwa die Periode der Frau.

Viele Körperfunktionen unterliegen Schwankungen, und das heißt auch, daß wir zu unterschiedlichen Zeiten verschiedene Dinge besonders gut können. Das Wissen darüber hilft uns, nicht gegen die eigenen Rhythmen zu arbeiten und uns vor Überlastungen und Fehlern zu schützen.

Was können wir wann am besten tun?

Zwischen 7 und 10 Uhr

Vor allem bei Frühaufstehern funktioniert das Kurzzeitgedächtnis jetzt sehr gut. Besprechungen, Prüfungen, Einkaufsplanungen – alles, was Sie sich nur kurz merken können und müssen – sollten Sie sich auf diese Zeit legen. Bis etwa gegen 12 Uhr wird beim Mann das Geschlechtshormon Testosteron ausgeschüttet – die beste Zeit für die Liebe.

Zwischen 10 und 12 Uhr

Jetzt ist die Zeit für die großen geistigen Herausforderungen dieses Tages. Wichtige Entscheidungen wie Urlaubsplanung, Ideensammlungen, Besprechungen mit dem Steuerberater, Arbeitsplatzwechsel und vieles andere legen Sie am besten in diese Stunden, zu denen Ihr Gehirn am fittesten ist.

Zwischen 12 und 15 Uhr

Viele fallen nun in das gefürchtete „Mittagsloch“, werden müde und sollten eigentlich ein kurzes Mittagsnickerchen halten. Am besten jetzt nur leichte Dinge essen und – wenn das Schlafen nicht möglich ist – einen Spaziergang mit oder ohne Kinder an der frischen Luft machen.

Zwischen 15 und 17 Uhr

Zeit für alle eintönigen Arbeiten wie Bügeln, Nähen oder Ablage machen. Zugleich aber die Zeit, zu der das Langzeitgedächtnis am besten funktioniert. Wer sich also etwas auf Dauer merken muß, sich auf eine Prüfung vorbereitet, tut gut daran, den Lernstoff in diese Zeit zu legen.

Zwischen 16 und 18 Uhr

Wer jetzt ins Fitneßstudio oder auf den Sportplatz geht, kann Optimales leisten. Ihr Körper gibt während dieser Zeit sein Bestes.

Zwischen 19 und 24 Uhr

Jetzt läßt die Aufmerksamkeit nach, und man sollte sich ruhigeren Aufgaben zuwenden. Wer jetzt Körper und Geist noch stark beansprucht, wird auf Dauer unter Schlafstörungen leiden.

In den frühen Morgenstunden

Gegen sechs Uhr morgens steigt das Risiko für Unfälle und Fehler aller Art enorm an. Versuchen Sie, um diese Zeit nichts mehr zu arbeiten und nicht mit dem Auto unterwegs zu sein.

Was gibt den Takt vor?

Sogenannte Taktgeber haben die Aufgabe, unseren angeborenen Rhythmus mit den äußeren Bedingungen zu synchronisieren. Der zirkadiane Rhythmus, also derjenige, der über einen Tag verläuft, wird dabei hauptsächlich von zwei Faktoren beeinflußt: den durch die Rotation der Erdachse hervorgerufenen Wechsel von Hell und Dunkel und den sogenannten sozialen Taktgebern. Dazu gehören Essens- und Arbeitszeiten, Freizeitbeschäftigungen ... Für den Körper ist es schwierig, sich an die natürlichen Taktgeber zu halten, da der Tag stark von der sozialen Struktur abhängt. So gibt es Menschen, die früh zur Arbeit gehen müssen, und andere, die nach einer Nachtschicht erst am Morgen ins Bett fallen können. Besonderen Belastungen sind dabei diejenigen ausgesetzt, die zu unregelmäßigen Zeiten arbeiten und deren Körper sich an keinen zuverlässigen Taktgeber gewöhnen kann.

Die meisten Menschen haben ähnliche Körperrhythmen. Trotzdem gibt es deutliche individuelle Unterschiede, die Sie selbst in Ihrer Familie Tag für Tag erleben. So springt der Frühaufsteher morgens gutgelaunt aus dem Bett, während der Morgenmuffel sich die Decke über die Ohren zieht und vor allem im Winter voller Grausen an das Aufstehen denkt. Vielleicht leisten Sie am Vormittag besonders viel, eines Ihrer Kinder hingegen kommt erst am Nachmittag so richtig in die Gänge. Um den persönlichen optimalen Rhythmus – der im übrigen angeboren ist – zu finden, ist es wichtig zu wissen, zu welcher Sorte Mensch man gehört.

Finden Sie Ihren Rhythmus

Wer seinen Alltag nach der eigenen inneren Uhr richtet, kann mehr leisten und lebt gesünder. Allerdings kann es in Partnerschaften und auch mit den Kindern zu erheblichen Schwierigkeiten kommen, wenn die inneren Uhren der Familienmitglieder unterschiedlich ticken, wenn also beispielsweise der Vater ein kompromißloser Frühaufsteher ist, während Mutter und Kind morgens nicht aus dem Bett kommen. Hier helfen nur Kompromisse, denn niemand kann so ohne weiteres an seiner biologischen Uhr drehen.

Wissenschaftler vermuten, daß der Unterschied zwischen Frühaufstehern und Nachteulen mit der Körpertemperatur zusammenhängt. Denn damit biologische Prozesse möglichst rasch ablaufen, muß die Temperatur bei rund 37 Grad liegen. Der Morgenmensch erreicht diesen Wert, der ja in der Nacht absinkt, relativ schnell und kann deshalb putzmunter aus dem Bett springen. Seine innere Uhr läuft sozusagen zu schnell ab, und der innere Wecker reißt ihn zu früh aus dem Schlaf.

Morgenmuffel und Frühaufsteher

Der Frühaufsteher freut sich aufs Aufstehen und ist meist den ganzen Tag über fit. Er wacht fast immer genau zur selben Stunde von alleine auf, liebt kalte Duschen, weil er weniger empfindlich auf Kälte reagiert, und genießt das Frühstück mit einer Tasse heißen Tees. Abends sind Frühaufsteher müde und gehen meist spätestens um 22 Uhr schlafen. Insgesamt wird der Eindruck erweckt, als ob Morgenmenschen zu den aktiveren und leistungsfähigeren Menschen gehören: Sie haben in der Regel bessere Noten in der Schule und sind häufiger in Führungspositionen zu finden.

Die Nachteule hat es schwerer: Sie bleibt abends länger auf und liebt es, bis in die Nacht hinein entweder auszugehen oder an irgend etwas herumzubasteln. Dafür kommt sie morgens nicht so schnell in die Gänge, weil sie länger braucht, um den Körper auf Betriebstemperatur zu bringen. Im Laufe des Tages allerdings gewinnt der Nachtmensch immer mehr an Power und vollbringt zu den Tageszeiten Höchstleistungen, zu denen der Morgenmensch schon wieder abbaut.

Hier ein paar Tips, wie man mit seiner inneren Uhr am besten lebt:

Wer Frühaufsteher ist, sollte

- am Morgen ein leichtes Frühstück einnehmen
- möglichst früh mit den Aufgaben des Tages beginnen und schwierige Aufgaben bis zum Mittag gelöst haben; am Nachmittag sollte er lieber Routineangelegenheiten erledigen
- einen kurzen Mittagsschlaf halten; wenn das nicht geht, kann er auch mit ein paar Entspannungsübungen (Autogenes Training, Jacobson-Tiefenentspannung) Kraft tanken
- abends früh essen und sich dann entspannen
- nicht später als 22 Uhr zu Bett gehen, damit er auf die richtige Menge Schlaf kommt

Wer ein Abendmensch ist, sollte

- morgens einiges dafür tun, daß er „anspringt“: kalt duschen, etwas Frühsport und eine Tasse starken Kaffee bringen den Organismus auf Trab
- vormittags die Routineangelegenheiten erledigen, die wenig Konzentration verlangen, und frühestens ab zehn Uhr die schwierigeren Aufgaben möglichst zügig wegarbeiten
- Dinge, die Konzentration und Anstrengung verlangen, lieber in die Abendstunden verlegen
- auf den Mittagsschlaf verzichten, damit er abends überhaupt noch ins Bett kommt und gut schlafen kann
- kein schweres und üppiges Abendessen zu sich nehmen, damit der Schlaf nicht gestört wird, weil man sich mit vollem Magen im Bett herumwälzt
- abends nicht auch noch aufwühlende Filme ansehen oder sich körperlich heftig betätigen, besser wäre: sich langsam entspannen und auf die Nachtruhe vorbereiten

Die äußeren Taktgeber

Unsere Biorhythmen sind, das zeigt die Forschung, in einem gewissen Maße von äußeren Taktgebern abhängig. So paßt sich unser innerer 25-Stunden-Schlaf-Wach-Rhythmus dem natürlichen Tagesablauf an. Darüber hinaus gibt es für den Menschen eine Vielzahl an äußeren Taktgebern, die einen großen Einfluß auf seine Arbeits- und Leistungsfähigkeit haben. Außerdem helfen diese von außen geschaffenen Strukturen, Rhythmus ins Leben zu bringen. Alles hat seine Zeit im Lebensablauf, und diese Weisheit sollten Sie sich zu eigen machen.

Wer den familiären Alltag mit Rhythmus und Struktur versieht, gewinnt nicht nur Zeit, sondern verleiht jedem Moment auch einen unverwechselbaren Charakter.

Morgens ist bei Familie Nübel schon der Teufel los. Der Vater muß den Bus um 6 Uhr 10 erreichen und stürzt den Kaffee gerade noch so hinunter. Die zwölfjährige Ruth hat noch etwas mehr Zeit, trödelt herum und macht sich dann über das am Abend bereits vorbereitete Frühstück her. Als sie gerade geht, setzt sich die vierjährige Heike mit der Mutter an den Frühstückstisch.

Heike hat den ganzen Vormittag getobt. Sie kommt um 12 Uhr aus dem Kindergarten und hat einen Bärenmittagshunger, während ihre ältere Schwester erst gegen zwei aus der Schule kommt und auf dem Heimweg meist schon ein paar Pommes an der Imbißbude verschlungen hat. Der Vater ißt mittags sowieso immer in der Firmenkantine und hat abends keinen Hunger, während Ruth wiederum bei einer Freundin zu Abend ißt.

Solch ein Familienalltag ist typisch geworden. Das Tragische daran ist, daß auf diese Weise nicht mal ein gemeinsames Essen am Tag möglich ist: eine Mahlzeit, bei der alle am Tisch sitzen und über ihren Tag, ihre schönen und weniger angenehmen Erlebnisse erzählen, Probleme loswerden, sich im Zuhören und in Geduld üben und erfahren, daß sie eine Familie sind. Auf diese Weise kann man Kindern ganz nebenbei auch vermitteln, daß gemeinsam essen Spaß bereiten kann.

Daher ist es für viele Erwachsene und für die meisten Kinder wichtig, die kleinen und großen Einheiten des Tages, der Woche, des Monats und des Jahres zu zelebrieren.

Jeder Tag ist einmalig

Jeder Tag ist etwas Einmaliges und etwas ganz Besonderes, und so sollten Sie ihn auch beginnen. Durchbrechen Sie das tägliche Einerlei, indem Sie Höhepunkte schaffen und einen Rhythmus vorgeben.

Unterscheiden Sie den Morgen, Mittag und Abend deutlich voneinander, und lassen Sie nicht alles ineinander übergehen. Orientieren Sie sich an Ihrem Biorhythmus. Das bedeutet auch: Bestimmte Zeiten sind reserviert für festgelegte Tätigkeiten. Im Durchschnitt sind wir morgens leistungsfähiger, daher sollten wichtige Termine in diese Zeit gelegt werden.

Versuchen Sie, wenigstens eine gemeinsame Mahlzeit am Tag zu organisieren: Alle sind anwesend, helfen bei der Vorbereitung mit, und es ist genügend Zeit, in lockerer, ungezwungener Atmosphäre über die Tagesereignisse zu sprechen.

Fernseher, Radio, Musik-CD und Zeitung sind verbannt, und kein „Termindruck“ stört diese tägliche Familienrunde. Jeder kommt zu Wort, darf ausreden und wird mit seinen Sorgen, Ängsten und Nöten ernst genommen. Sie werden sehen: Solch ein fester Tagespunkt wirkt Wunder, denn Sie können beispielsweise die Termine Ihrer Lieben besser koordinieren und sparen damit Zeit. Zudem lassen sich kleinere Probleme an Ort und Stelle besprechen und wirken nicht wie Schwelbrände über Tage oder Wochen hin weiter.

Aufbleiben bis in die Puppen

Ein weiteres, leidiges Thema in vielen Familien ist die Zubettgehzeit der Kinder. Ich habe Bekannte, bei denen die ständige Ausnahme zur Regel geworden ist – schulpflichtige Zweitklässler dürfen noch um 22 Uhr vor dem Fernseher sitzen. Lassen Sie es nicht so weit kommen. Auch hier gilt: Besprechen Sie Ihr Vorgehen mit den Kindern, und treffen Sie klare Vereinbarungen, an die Sie und die Kinder sich dann auch unbedingt halten. Längere Fernsehabende können beispielsweise am Wochenende eingeplant werden. Damit geben Sie dem Kind die Chance, am Tage ausgeschlafen zu sein, und sich selbst die Möglichkeit, auch ein Privatleben jenseits der Kinder zu haben.

Die tägliche Routine durchbrechen

Alle Familienmitglieder haben aber das Recht, die tägliche Routine zu durchbrechen. Kinder, die lange Schule haben, sollten nicht bis zum Ins-Bett-Gehen über den Hausaufgaben sitzen, um dem Leistungsdruck der Eltern zu genügen. Sorgen Sie auch für

Ausgleich, wenn Ihr Kind einen übervollen Terminkalender hat. Bauen Sie den Familienstreß ab, fördern Sie eine normale familiäre Entwicklung, und bauen Sie Elemente ein, die Spaß machen. Der ständige Leistungsdruck der Eltern kann die Kinder depressiv machen und zu deutlichen Streßsymptomen führen, wenn sie das Gefühl haben, sowieso niemals zufriedenstellende Leistungen zu erbringen.

Die Woche und das Jahr

Wochenenden sind zunächst einmal für Familienaktivitäten reserviert und sollten für Sie, Ihren Partner und für die Kinder eine deutliche Zäsur zum Wochenalltag bieten. Nur in äußersten Notfällen wird auch hier noch auf Klassenarbeiten gelernt oder werden Hausaufgaben gemacht.

Benutzen Sie Wochenenden als eine bewußte Abkehr von der Hektik der Woche, und versuchen Sie, den Zusammenhalt in der Familie an solchen Tagen zu fördern und Gegenpole zum Auseinanderdriften der Einzelinteressen zu setzen.

Ob Einladungen oder Ausflüge, ob gemeinsame Feiern oder Essen: Wochenenden sollten Ihnen, Ihrem Partner sowie den Kindern und auch Verwandten und Freunden eine schöne Zeit bescheren, an die Sie zu Krisenzeiten anknüpfen können und die allen im Gedächtnis bleibt.

Möglichkeiten, den Ablauf des Jahres zu gestalten, gibt es viele. Etwa indem Sie sich bewußt am Ablauf des Kirchenjahres orientieren und Zeit für Feste und Besinnliches einplanen, mit den Kindern auf ein bestimmtes Ereignis hinleben, basteln,

Musikstücke einüben, Gedichte und Geschichten lesen oder in die Kirche gehen.

Die großen Feste des Jahres wie Ostern, Pfingsten, Sommersonnwende, Erntedank, Weihnachten, Geburtstage und das sich darum rankende Brauchtum bieten unzählige Gelegenheiten, Rhythmus und Struktur in das Leben von Familien und Kindern zu bringen. Sie sollten sie nutzen, sich gemeinsam mit den Kindern intensiv vorbereiten, sich Lektüre besorgen und diese Feste und Jubiläen auch tatsächlich bewußt feiern und begehen. Vor allem den Kindern gibt das Halt und Festigkeit, die sie dringend brauchen.

Natürlich bieten sich auch die Jahreszeiten an, um Tagen oder Wochen eine Struktur zu geben. Bereiten Sie sich und Ihre Kinder auf den kommenden Frühling vor: Beobachten Sie die Veränderungen der Natur, wie die Tage länger und die Nächte kürzer werden. Die Vögel kehren aus ihren Winterquartieren zurück, und die Tiere erwachen aus dem Winterschlaf. Im Sommer sind Schwimmbad, Radfahren und Ausflüge angesagt, während im Herbst Halloween, Laternelaufen, Basteln mit Bucheckern oder Kastanien möglich sind. Und erst der Winter: Schnee und Eis fordern einen so richtig heraus, und erschöpft von einer Schneeballschlacht schmeckt das Essen besonders gut.

Mit natürlichen Mitteln wieder in Takt kommen

Wenn Sie das Gefühl haben, Ihr Leben oder das Leben Ihrer Familie ist aus dem Takt geraten, sollten Sie versuchen, mit einfachen Mitteln wieder zu Ihrem Rhythmus zu finden.

- Ein fester Tagesablauf ist besonders wichtig, um wieder in Einklang mit sich selbst zu kommen. Regelmäßige Essenszeiten können wichtige Orientierungspunkte sein. Versuchen Sie auch, immer zur selben Zeit und nicht zu spät zu Bett zu gehen und zu schlafen, damit Sie und die Kinder morgens fit sind. Teilen Sie sich die vor Ihnen liegenden Aufgaben ein, und nehmen Sie sich nicht zu viel vor.

- Isometrische Übungen sind hervorragend dazu geeignet, mögliche Tagestiefs zu überwinden. Ein Beispiel: Nehmen Sie Ihre Arme vor die Brust und umfassen Sie Ihre Handgelenke. Ziehen Sie die Arme gegen den Widerstand kräftig auseinander.
- Jede Arbeit sollte spätestens gegen 19 Uhr beendet werden, weil Körper und Geist Erholung brauchen. Für Berufstätige gilt: Keine Arbeit mit nach Hause nehmen, und genügend Pausen zum Abschalten machen.
- Wer sich abhärten will, sollte dies am frühen Morgen tun, denn dann reagiert der Körper besonders intensiv auf den Wechsel von warm auf kalt. Stehen Sie morgens sofort auf, wenn sie aufgewacht sind.

Wie es weitergeht

Wir werden von inneren und äußeren Uhren und Taktgebern gesteuert, die uns ein Leben im Rhythmus vorgeben. Sich gegen seine innere Uhr zu stellen, kostet nicht nur immense Kraft, sondern nagt auch an unserer Gesundheit und unserem seelischen Gleichgewicht. Wer die Kenntnisse der Chronobiologie nutzt, Pausen macht und sich seine Anforderungen und Aufgaben entsprechend den Hochs und Tiefs auf den Tag verteilt, kommt leichter durchs Leben. Aber auch die äußeren Taktgeber sind wichtig, um Struktur und Rhythmus ins tägliche Einerlei zu bekommen. Vor allem Kindern geben bewußt zelebrierte äußere Anlässe inneren Halt und Festigkeit, von denen sie ihr ganzes Leben lang zehren.

Zeit sparen mit Gedächtnis-training

Einkaufslisten, Telefonnummern, Arzttermine, die Geburtstage von Freunden, der Steuerabgabetermin – unser Alltag ist gespickt mit Informationen, die wir uns unbedingt merken müssen. Aber die meisten von uns kennen das: Wir vergessen vieles und erschweren so unseren Alltag mit zeitintensiven Nachbesserungen. Zeitfressende und nervenraubende Gedächtnislücken müssen aber nicht sein.

Warum wir uns manche Dinge nicht merken können

Da hatten Sie sich doch vorgenommen, die Kinder aus der Schule abzuholen und dann gleich noch Staubsaugerbeutel aus dem Laden mitzubringen, weil ihnen die ausgegangen sind. Aber als Sie die Kinder aus dem Auto laden, fassen Sie sich an den Kopf und stöhnen: „Nein, das darf doch nicht wahr sein.“

Geht es Ihnen auch so? Kein Grund zu verzagen: In den vergangenen Jahren ist auf dem Gebiet des Gedächtnisses viel geforscht worden. Die Ergebnisse haben bestätigt, was bereits Albert Einstein wußte: Das Gehirn kann bei ständiger Übung immer fit bleiben. Geistiges Training erhält also unsere Merkfähigkeit bis ins hohe Alter hinein. Und dabei ist im Grunde alles ganz einfach: Wir brauchen dazu nur einige Tricks und eine gute persönliche Organisation.

Einer der wichtigsten Punkte dabei ist, daß wir uns nur das merken können, wofür wir uns auch wirklich interessieren. Ein langweiliger Computerkurs, eine schlecht aufbereitete Broschüre, ein dröger Verkäufer – und nichts bleibt bei uns hängen. Die meisten Erinnerungslücken treten auf, wenn Aufmerksamkeit und Konzentration fehlen. Denn wird der Lernstoff oder das Ereignis nicht richtig aufgenommen, kann man sich auch nicht mehr daran erinnern.

Sie suchen beispielsweise ein größeres Kinderbett? Dann werden Ihnen alle Anzeigen und Berichte über Kindermöbelhäuser und Tests sofort ins Auge stechen, und Sie werden sich daran erinnern. Sie sind richtig motiviert. Aber manchmal müssen wir uns diese Motivation eben auch selber schaffen, wenn die Anreize von außen zu gering sind. Nehmen wir an, Sie wollen sich nebenberuflich weiter fortbilden, um mit Ihrem PC ein Home-Office zu betreiben. Leider ist der Weg dahin ein oft theoretisch steiniger, und es fällt Ihnen schwer, sich den Lernstoff der Softwarefortbildung zu merken. Sagen Sie sich dann immer wieder, wie wichtig für Ihre berufliche Zukunft das ist, was Sie lernen, und wie sehr Sie vielleicht als Mutter von Kindern für diesen Moment auch gekämpft haben.

Aber manchmal treten diese Erinnerungslücken auch auf, wenn wir von starken Emotionen wie Angst oder Streß, beruflicher Überforderung oder völliger Übermüdung eingenommen sind. Die Aufmerksamkeit ist dann von den Gefühlen in Beschlag genommen und kann sich auf kein äußeres Ziel mehr richten.

Ein weiterer Grund für Gedächtnislücken sind plötzliche Störungen in einer Handlungsfolge: Sie wollen gerade jemanden anrufen, als es an der Haustüre klingelt und die Post Ihnen ein dringendes Einschreiben bringt. Später können Sie sich dann nicht mehr erinnern, wen Sie eigentlich sprechen wollten und warum.

Ohne Motivation und Aufmerksamkeit geht nichts

Die Forschungen der vergangenen Jahre haben zwar ergeben, daß wir mit sehr umfangreichen Gedächtnisspeichern ausgestattet sind, aber sie haben auch gezeigt, daß nicht alle abgespeicherten Informationen auch wieder abgerufen werden können.

Entscheidend für die Fähigkeit, sich zu erinnern, ist neben der Motivation auch die Aufmerksamkeit. Ein rasch überflogener Zeitschriftenartikel wird auch dann keinerlei Gedächtnisspuren bei uns hinterlassen, wenn das Thema von Interesse ist.

Wichtig für ein gutes Behalten ist also auch, den Dingen Aufmerksamkeit zukommen zu lassen. Es ist ein wenig wie bei einer Autofokuskamera: Sie stellt nur dann auf das richtige Objekt scharf, wenn wir es auch genau ins Visier nehmen. Wer sich beispielsweise bei der Lektüre eines Einkaufsführers im entscheidenden Moment ablenken läßt, wird sich wohl kaum erinnern, wo es die günstigen und hervorragend ausgestatteten Kinderbetten gab.

Richtig speichern – aber wie?

Aber wie, werden Sie sich fragen, bleiben denn nun all die vielen wichtigen Informationen in unseren Gehirnschubladen hängen? Am besten mit vielen Sinneseindrücken. Vor allem Bilder, Farben, Geräusche oder Gerüche bleiben uns besser erhalten als nüchterne Zahlen und Fakten. Die ganz allgemeine Regel dazu lautet also:

Je mehr wir beim Abspeichern alle unsere Sinne einsetzen, also sehen, fühlen, riechen und schmecken, desto mehr werden wir auch behalten und an desto mehr können wir uns später auch erinnern.

Ein Beispiel: Sie bekommen in einer Stunde Besuch und wollen noch schnell einen Kuchen backen. Aber wie ging denn das Rezept? Langes Suchen lohnt sich nicht, denn das Rezept haben die Kinder neulich mit Kirschsaft übergossen. Und was nun? Ganz einfach: Stellen Sie sich vor Ihrem geistigen Auge vor, wie Sie die Zutaten Ihres Lieblingskuchens miteinander verrühren: Die drei braunen Eier in einer Schüssel aufschlagen, den dreiviertel Meßbecher mit Mehl und mit Zucker füllen und das bunte Tütchen mit Backpulver aufreißen und hinzugeben. Und nun sehen Sie sich die Küchenmaschine zusammenstecken und den Teig verkneten. Spüren Sie den Schalter des Backofens in Ihrer Hand, wie Sie ihn auf die richtige Temperatur bringen, stellen Sie sich den

Küchenwecker vor, wie er auf der richtigen Zeiteinstellung stehenbleibt. Sie werden schon sehen: Dieser Kuchen gelingt Ihnen rechtzeitig auch ohne Rezept.

Ein Bild von der Sache – Assoziationen bilden

Sie können sich einfach nicht merken, was genau Sie alles einkaufen wollen? Sie wissen nicht mehr, wen Sie alles anrufen möchten?

Machen Sie sich ein „Bild" von der Sache. Was immer Sie sich merken müssen, wenn Sie es mit einem Bild verknüpfen, wird es Ihnen im Gedächtnis haften bleiben.

Froschgrün ist die Farbe der schicken Jacke im Schaufenster der Boutique in der Geranienstraße. Und wenn Sie sich nun noch einen Frosch dazu vorstellen, wie er quer über ein Geranienfeld hüpft, werden Sie weder die Jacke noch den Ort der Boutique vergessen.

Lassen Sie beim Assoziieren Ihrer Phantasie freien Lauf, um möglichst viele bunte und schrille Bilder zu finden.

Bummeln Sie im Geiste durch die Regale des Supermarktes und stellen Sie sich vor, welche Produkte Sie kaufen wollen, wo diese genau stehen und wie sie aussehen. Nutzen Sie dazu Ihr inneres Auge wie eine Autofokuskamera. Die so entstandenen geistigen Schnappschüsse reihen Sie nun hintereinander in Ihrem geistigen Album auf. So werden Sie Ihr Gedächtnis schulen und während des Einkaufs die einzelnen Artikel in den Regalen leichter finden und nichts vergessen.

Elektronische und andere Helfer im Alltag

Neben solchen geistigen Erinnerungshilfen gibt es natürlich auch viele Dinge, mit denen Sie es Ihrem Gehirn wirklich einfacher machen können. Zunächst lohnt es sich, einen Terminkalender zu führen, und zwar zu Hause ebenso wie im Büro. Alle wichtigen Termine werden hier wochenweise (oder sogar tageweise) eingetragen, und Geburtstage und andere jährlich wiederkehrende Ereignisse kann man am Jahresanfang übernehmen. Führen Sie unbedingt einen Terminkalender, in dem Sie alle wichtigen Ereignisse eintragen!

Ob Ihnen bei Ihrer Arbeit ein sogenannter Organizer hilft, können Sie nur selbst ausprobieren. Es gibt solche Ziel- und Zeitplanbücher in Papier- und mittlerweile auch in elektronischer Form. Sie sind zugleich Terminkalender, Tagebuch, Notizblock, Planungsinstrument, Adressen-, Telefon-, Fax- und e-mail-Register. Außerdem kann man sie immer dabei haben, und sie bieten vielen termingeplagten Menschen eine Möglichkeit, ihre vielfältigen Aktivitäten unter Kontrolle zu behalten.

Zu Hause reicht Ihnen vielleicht ein Zettelblock, auf den Sie immer notieren, was Ihnen gerade fehlt oder was Ihnen sonst noch so durch den Kopf geht. Unerledigte Dinge haben auf diesen kleinen externen Merkhilfen ebenso Platz wie nützliche Einfälle. Außerdem sollten Sie es sich zur Gewohnheit machen, zum Beispiel Rechnungen umgehend zu bezahlen und für bestimmte Gegenstände feste Plätze einzurichten: Der Schirm steht immer an derselben Stelle, ebenso wie der Haustürschlüssel am Schlüsselbrett neben der Türe hängt. Mit solch kleinen Merkhilfen stützen Sie Ihr Gedächtnis, erleichtern es von allerlei unnötigem Ballast und sorgen für ein gewisses Maß an Ordnung im Chaos des Alltags.

Eselsbrücken sind Merkbrücken

Auch eine beliebte und gute Methode, seinem Gedächtnis auf die Sprünge zu helfen, sind Eselsbrücken. Wir alle kennen unzählige solcher Wortreime, mit denen sich alle möglichen komplizierten oder einfachen Sachverhalte, Zahlen oder Namen merken lassen: „333 – bei Issus Keilerei " „Wer nämlich mit h schreibt ist dämlich." oder „Bier auf Wein, das laß sein." Mit solchen Hilfsgerüsten und selbstgedichteten Reimen können Sie ebenfalls Ihr Gedächtnis trainieren und sich alltägliche Sachverhalte besser merken.

Wem es beispielsweise schwerfällt, sich fremde Vokabeln einzuprägen, der kann sie in verschiedene Bilder übersetzen. So wird aus dem französischen Bouteille (= Flasche) ein Butt und ein Ei. Auch Namen lassen sich besser merken, wenn man sie in Bilder übersetzt. So bekommt die neue Nachbarin Frau Schuster geistig ein paar schicke rote Schuhe verpaßt, und bei dem neuen Arbeitskollegen Müller dreht sich das mentale Mühlrad munter weiter.

Am richtigen Ort mit der Loci-Methode

Schon die alten Römer wußten um das Vergessen von Gedächtnisinhalten. War vor dem Senat eine längere Rede zu halten, so konnte sich der Sprecher unmöglich alles auf einmal merken, sondern er mußte sich eine Möglichkeit ausdenken, unterschiedliche Dinge in einer festgelegten Reihenfolge einfach und sicher abrufen zu können.

Geblieben ist uns davon heute die sogenannte Loci-Methode (lat. loci = Orte), eine bewährte und nicht nur in der Rhetorik eingesetzte Assoziationstechnik, die auf Bildverknüpfungen beruht. Dabei werden die einzelnen zu merkenden Punkte einer Liste mit bestimmten Orten oder Plätzen belegt.

Es ist Montag morgen, und Sie haben eine lange Liste mit noch zu erledigenden Dingen vor sich: Die Waschmaschine muß repariert werden, Sie müssen Milch und Brot einkaufen gehen, mit Ihrer Freundin Lotte deren Grillparty durchsprechen und Benzin für den Rasenmäher kaufen. Nun gehen Sie im Geiste einmal Ihre Wohnung durch: Sie beginnen an der Eingangstüre und versehen sie – wiederum im Geiste – mit einer großen, deutlich sichtbaren Eins. Dann folgt, logisch in der Abfolge, das Wohnzimmer, und das bekommt eine große Zwei, das Schlafzimmer die Drei und so weiter. Ist Ihre zu erledigende Liste lang, dann versehen Sie eben einfach markante Gegenstände in den Zimmern mit Nummer.

Dabei ist es aber wichtig, sich streng an die logische Abfolge zu halten. Die Ziffernfolge der Plätze in Ihrem Heim bleibt von nun an immer bestehen, so daß Sie später beliebige Listen und Abfolgen geistig daran heften können. Und nun verbinden Sie die einzelnen Plätze Ihrer Wohnung mit den Punkten Ihrer Liste. Damit die bildhafte Verbindung dann bestehen bleibt, müssen Sie diese Bilder mehrere Sekunden lang vor Ihrem geistigen Auge stehen lassen. Wenn Sie im Geiste dann den Spaziergang durch Ihre Wohnung wiederholen, fällt Ihnen bei der Wohnungstüre immer ein, sofort den Waschmaschinenmechaniker anzurufen ... Mit etwas Übung können Sie so lange Abfolgen von noch zu erledigenden Aufgaben auch noch nach Tagen in der richtigen Reihenfolge erinnern. Probieren Sie es aus, es klappt bestimmt.

Mit Tips und Tricks durch den Zahlendschungel

Sie stehen an der Tankstelle, der Wagen ist vollgetankt, die Kinder quengeln, weil es heiß ist, und Sie wollen nun mit Ihrer Scheckkarte bezahlen. Aber im entscheidenden Moment will Ihnen die Nummer nicht einfallen. Oder: Schnell schlüpfen Sie noch in die

Telefonzelle, um einen Termin mit einer Bekannten auszumachen. Aber wo verflixt ist die Nummer? Sie stehen im Stau und würden gerne mit dem neuerworbenen Handy zu Hause anrufen, um zu sagen, daß Sie sich verspäten. Aber wie lautete noch mal die PIN-Nummer?

Solche Beispiele lassen sich in unserer modernen Welt zuhauf finden, und täglich scheinen die Zahlenkolonnen länger zu werden, die wir uns einprägen müssen. Sich Telefonnummern, Postleitzahlen, Kontonummern, PIN-Nummern oder Geburtstage nicht merken zu können ist nicht nur peinlich oder auch ärgerlich, sondern kostet Sie Nerven und Zeit, die Sie mit unnötigem Suchen und hektischem Herumkramen verbringen. Dabei gibt es durchaus Tips und Tricks, gut durch den Zahlendschungel zu kommen.

Kleine Einheiten bilden

Daß sich der Mensch Zahlen weniger gut merken kann als beispielsweise Wörter, hat etwas mit unserem Zahlengedächtnis zu tun, dessen Aufnahmekapazität deutlich begrenzt ist. Auf welche Weise sich Zahlen gut merken lassen, ist nicht für alle Menschen gleich zu beantworten, und so muß jeder selber sehen, mit welchem System er sich die widerspenstigen Zahlenreihen einverleibt.

Die meisten Menschen versuchen, lange Zahlenkolonnen in verdauliche Häppchen zu zerlegen. So wird aus 46923175

46 92 31 75 oder 469 231 75, eine durchaus zu merkende Telefonnummer. Außerdem kann man in solchen Reihen nach versteckten Eselsbrücken suchen, also etwa nach Geburtstagen, Schuhgrößen oder auch kleinen Rechenaufgaben, etwa 4+2=6+3=9 und so weiter.

Ein anderer Weg zu einem guten Zahlengedächtnis sollte eher verbal orientierten Lerntypen vorbehalten bleiben, es geht um

Wortspiele. Denken Sie sich für die Zahlen von eins bis zehn Wortspiele aus, wie etwa zwei – Mai, zehn – Zehen, fünf – Finger, null – Ei. Und nun können Sie eine Zahlenreihe in eine Geschichte einbinden: Die Finger halten das Ei zwischen den Zehen im Mai ...

Zahlen und Symbole visualisieren

Für die visuellen Lerntypen unter Ihnen gibt es eine Methode, in der Zahlen in bildhafte Symbole übersetzt werden. So steht beispielsweise die Kerze für die Eins, der Schwanenhals für die Zwei, der Dreizack für die Drei, das Kleeblatt für die Vier ... So lassen sich, mit etwas Übung natürlich, beliebige Zahlenfolgen vor dem geistigen Auge wiederholen, wenn sie in eine Geschichte eingebettet werden. Hat der Schwan also das Kleeblatt im Schnabel, dann steht vor Ihrem geistigen Auge die Zahl 24. Auf die gleiche Weise kann man sich übrigens auch Listen einprägen. Hierzu werden die Tätigkeiten mit Nummern versehen, die Nummern in die Symbole verwandelt und den Tätigkeiten dann die Symbole zugeordnet. Ein Beispiel wäre, Sie müssen Hemden aus der Reinigung abholen, den Kindergarten bezahlen und die Bügelwäsche wegbringen. Dann stellen Sie eine Kerze auf die frischen Hemden, sehen den Schwan die Taler übergeben und den Korb mit der Wäsche am Dreizack hängen. Erlaubt ist hier, was Ihnen Spaß macht und was zum Erfolg führt.

Nur Übung macht den Meister

Für alle Arten des Gedächtnistrainings gilt der Grundsatz: Die Übung macht's. Wer einmal seine Methode gefunden hat, sollte auch bei ihr bleiben. Wer allerdings geistig träge ist, viel Zeit vor dem Fernseher verbringt und sich nur wenig Anregungen holt, der wird auch im Alter vergeßlicher werden. Das ist übrigens durch großangelegte Studien belegt: Leistungseinbußen in puncto Gedächtnis treten, bis auf wenige pathologische Ausnahmen, erst ab dem sechzigsten Lebensjahr auf, und dann auch nur im nennenswerten Umfang bei Personen, die bis dahin geistig eher träge waren. Halten Sie sich also geistig fit, denn das spart Ihnen Zeit, die Sie sonst mit sinnlosem und mühseligem Suchen vergeuden.

Namen, Namen, nichts als Namen

Seit kurzem wohnt Ihnen gegenüber eine neue Nachbarin mit zwei Kindern, die im gleichen Alter wie Ihre beiden sind. Gerne würden Sie sie ansprechen, ob die Kinder sich nicht verabreden könnten, aber wie hieß sie doch gleich?

Sie werden in eine neue Abteilung versetzt und bekommen lauter neue Kollegen. Als Sie nach Wochen einen früheren Kollegen ansprechen wollen, fällt Ihnen sein Name einfach nicht mehr ein. Er ist gekränkt und meint, für Sie wohl nie besonders wichtig gewesen zu sein.

Namen zu vergessen ist nicht nur peinlich, sondern läßt auch auf mangelndes Interesse schließen. Außerdem fehlen sie uns in vielen wichtigen Informationen. Wie hieß doch gleich noch dieser nette Mensch an der Rezeption des Campingplatzes letztes Jahr? Der wirklich kompetente Sachbearbeiter der Versicherung, wie war doch sein Name? Die neue Kollegin aus dem dritten Stock, die auch Kinder im selben Alter wie meine hatte, wie hieß die noch mal?

Namen lassen sich am besten behalten, wenn man sie mit Gesichtern verbindet. Und das klappt besonders gut, wenn das Gegenüber ein besonders auffälliges Merkmal wie schöne rote Haare, buschige Augenbrauen oder eine sehr große Nase hat.

Aber leider ist das nicht immer gegeben, und dann müssen wir uns auf Entdeckungsreise ins Gesicht des anderen Menschen begeben, um zu entdecken, welcher Gesichtszug diese Person am treffendsten charakterisiert. Ist es das lange fliehende Kinn oder sind es die breiten fleischigen Lippen? Prägen Sie sich diesen Gesichtszug zusammen mit dem Namen des Menschen in derselben Gedächtnisschublade fest ein, und wenn Sie dann nach dem Namen suchen, fällt Ihnen nicht nur das Gesicht mit dem charakteristischen Merkmal wieder ein, sondern unauslöschlich damit verbunden der richtige Name.

Gezielt einkaufen mit System

Besonders ärgerlich und zeitaufwendig ist es, wenn man von einem stressigen Einkauf zurückkommt und feststellen muß, daß man die eine oder andere wichtige Zutat zum Essen, das dringend benötigte Waschmittel oder die gerade ausgegangenen Kinderwindeln vergessen hat, und nun noch einmal los muß.

Dabei ist das doch wirklich nicht nötig: Stellen Sie sich vor dem Einkaufen vor, was es beispielsweise zu essen geben soll – Kräutersauce mit Kartoffeln. Vor Ihrem geistigen Auge ziehen die Zutaten vorbei, die sieben verschiedenen Kräuter, die Gewürze, die Sahne, die Butter und natürlich die Kartoffeln. Und nun sortieren Sie die benötigten Zutaten nach Oberbegriffen: Was ist Obst, was ist Gemüse, was ist Fleisch und was gehört zu den frischen Milchprodukten?

Auf diese Weise finden Sie alles im Einkaufszentrum auch leicht wieder, denn die Einteilung nach solchen Grundprinzipien erleichtert nicht nur generell das Lernen, sondern hilft auch, einmal Abgespeichertes schnell wieder aufzurufen. Im Supermarkt verfahren Sie dann umgekehrt: Aus Ihrer Einkaufsliste wird ein geistiges Bilderbuch, das Sie Seite für Seite durchblättern. Haben Sie nun alles: Obst, Gemüse, Fleisch, Milchprodukte? Na dann, guten Appetit.

Kindergeburtstag – ohne Streß

Ihr Großer hat Geburtstag und wünscht sich nichts sehnlicher als einmal ganz viele Freunde einladen zu dürfen, um richtig zu feiern. Für Sie bedeutet das: Mit der richtigen Organisation an alles denken und Zeit sparen.

Aber wie sollen Sie das denn in den Griff kriegen? Fangen Sie doch mit einem leeren Blatt Papier an. Mit der bereits auf den Seiten 16-18 vorgestellten „Mind-mapping"-Methode schreiben Sie einfach alles auf, was Ihnen in den Sinn kommt, also von den Einladungskarten bis zum Senf für die Würstchen. Ordnen Sie das, was Ihnen so spontan in den Sinn kam, nun bestimmten Oberbegriffen zu, also Einladung, Ablauf, Essen, Spielen, Dekoration, Geschenke ...

Und nun lassen Sie anhand dieser Liste einmal das ganze Fest vor Ihrer geistigen Kamera ablaufen: Wie Sie mit Ihrem Sohn festlegen, wer eingeladen werden soll, wie Sie die Karten machen und verschicken, was sich Ihr Sohn für ein Essen wünscht, wie und was Sie einkaufen müssen, welche Spiele Sie vorsehen ... Dabei werden Sie schnell merken, an welcher Stelle des Filmes Lücken sind und was Sie vergessen haben. Stellen Sie sich auch verschiedene Szenarien vor: Draußen regnet es in Strömen oder viele eingeladene Freunde können nicht kommen.

Auf diese Weise wird selbst so ein Schreckgespenst wie ein Kindergeburtstag noch zu einem streßfreien, mentalen Spaziergang. Gut vorbereitet sparen Sie Zeit und können den Geburtstag dann vielleicht sogar selbst ein wenig genießen.

Wie es weitergeht

Wieviel unnötige und sinnlos vertane Zeit verbringen wir mit Suchen und Nachholen von Vergessenem, mit doppeltem Aufwand durch schlechte Planung! Das muß nicht sein, denn mit ein paar einfachen Techniken und Regeln kann man sich das Leben sehr viel einfacher machen. Gedächtnistechniken und externe Speicher helfen Ihnen, Ihr Gedächtnis zu entlasten, konzentriert zu bleiben und Zeit zu haben für das wirklich Wichtige und Angenehme. Und ganz nebenbei trainieren Sie damit auch noch Ihre grauen Zellen, damit Sie auch im Alter noch geistig fit bleiben können.

Neue Wege für alte Probleme

Zeit sparen und genießen heißt auch, neue Strategien zum Lösen alter Probleme zu finden. Wir leben in einer vielschichtigen und scheinbar unüberschaubaren Welt, in der einerseits durch Multimedia alle Information zugänglich zu sein scheint, in der aber gleichzeitig schon das Zusammenbauen eines einfachen Regals viele Menschen vor die bange Frage stellt, ob Sie selbst überhaupt dazu in der Lage sind.

Prioritäten gegen Überforderungen setzen

Viele Situationen in unserem Alltagsleben fordern uns heraus und stellen gleichzeitig zunehmend eine Überforderung dar. Da ist ein Stau auf der Strecke, die wir nehmen müssen, und schon bricht die minutiöse Zeitplanung zusammen. Oder Sie wollten die Kinder gerade in die Schule bringen, und das Auto springt nicht an. Wir haben einen neuen Kinderschreibtisch gekauft und wollen ihn aufbauen, was uns aber selbst nach stundenlangem Probieren nicht gelingt.

Für den Zeitverbrauch und für unsere Nerven ist entscheidend, wie wir uns in solch unübersichtlichen und komplexen Situationen verhalten. Jeder Mensch hat seine eigenen Wege, wie er Probleme lösen kann. Dabei gibt es meist keine richtigen oder falschen Entscheidungen, sondern nur unterschiedliche Vorgehensweisen, die im Einzelfall Erfolg versprechen oder nicht.

Bleiben wir bei dem Beispiel mit dem streikenden Auto. Entscheidend für das erfolgreiche Vorgehen ist zunächst einmal, sich Prioritäten zu setzen. Was also ist wirklich wichtig?

Bevor Sie sich der Behebung der Störung an Ihrem Auto mit Ruhe widmen können, müssen die Kinder dringend in die Schule. Hier könnten Sie beispielsweise eine Nachbarin bitten, die Fahrt zu übernehmen, oder die Kinder könnten das Rad nehmen.

Erst wenn Sie dieses drängende Problem gelöst haben, können Sie sich der Autoreparatur widmen. Und auch hier ist es sinnvoll, zunächst eine logische Reihenfolge zu bilden: Ist noch genügend Benzin im Tank? Ist die Batterie leer? Kann ich es in einer Viertelstunde noch einmal mit Erfolg versuchen, weil der Motor abgesoffen ist? Rufe ich in der Werkstatt oder beim Automobilclub an? Und nun gehen Sie daran, Ihre Termine und weiteren Verpflichtungen des Tages zu organisieren, und zwar in Abhängigkeit vom Ausgang der Reparatur.

Wenn Sie Prioritäten setzen und alle anstehenden Aufgaben in eine Reihenfolge bringen und in ihrer Abhängigkeit voneinander bestimmen, lassen sich auch zunächst scheinbar unüberwindbare Hindernisse spielend nehmen und Sie behalten darüber hinaus noch einen klaren Kopf.

Was kommt zuerst – Eine Übung

Nehmen Sie sich einen Zettel, und schreiben Sie alle Aktivitäten auf, die Sie in der nächsten Woche vorhaben. Was ist am wichtigsten und muß auf jeden Fall erledigt werden? Was kommt dann? Setzt eine Aufgabe die Erledigung einer anderen voraus? Was ist nicht so wichtig und könnte auch auf die nächste Woche oder einen noch späteren Zeitpunkt verschoben werden.

Nehmen Sie sich Ihre Stärken und Schwächen noch einmal vor, und überlegen Sie, an welchen Stellen Sie ähnlich gelagerte Schwierigkeiten haben. Beispiel Urlaubsvorbereitung – ein Thema, bei dem eins aufs andere aufbaut: die Wahl des richtigen Zeitpunktes, das Ziel, die Vorbereitung ...

Entscheidend ist der erste Schritt

Wer beim Autoproblem den ersten Schritt nicht richtig überdenkt, bekommt später Schwierigkeiten. Das ist in vielen solcher Situationen so, und oft genug heißt die Devise dann: Zurück an den Start und noch einmal ganz von vorne anfangen. Wenn Sie sich, um bei unserem Autobeispiel zu bleiben, ganz verzweifelt erst um das Auto kümmern, haben Sie nicht nur die zappeligen Kinder um sich, die nun auch noch zu spät zur Schule kommen, sondern werden selbst wegen dieses ungelösten Problems immer unruhiger. Die Folge sind Verzweiflung, unnötig vertane Zeit und eine ganze Reihe weiterhin ungelöster Schwierigkeiten.

Wie gesagt, die ideale Bewältigungsstrategie gibt es nicht. Versuchen Sie in solchen Situationen, auf bewährte Muster zurückzugreifen. Erinnern Sie sich: Wann haben Sie etwas Ähnliches schon mal erlebt, und wie haben Sie sich da erfolgreich verhalten? Oder was ist ganz gründlich schiefgelaufen und wie dürfen Sie sich auf keinen Fall verhalten? Vielleicht sind Sie ja in solchen Situationen besonders kreativ, weniger analytisch und finden mit einem Handgriff den vollen Reservekanister.

Auch schwierige Probleme lösen

Nehmen wir einmal an, Sie wollen oder müssen Ihr Heim renovieren, sei es, weil Sie umziehen, sei es, weil es wieder einmal dringend an der Zeit ist. Für die meisten ist das eine entsetzliche Vorstellung, die mit zeitraubenden Arbeiten verbunden ist.

Nun können Sie natürlich im Sinne des Delegierens die Arbeiten einem Profi übertragen und die Verwandtschaft oder Freunde einspannen, um sich in dieser Zeit anderen Dingen zu widmen. Wie auch immer: Entscheidend für den Ablauf der Dinge wird sein, wie Sie sich auf diese Aufgabe vorbereiten.

Versuchen Sie es doch einmal mit Assoziationen. Schreiben Sie sich auf, was Ihnen alles zum Thema Renovieren einfällt. Alle Wörter, die in irgendeiner Weise etwas mit dem Ausgangspunkt zu tun haben, sind bei dieser kreativen Art, ein Problem zu lösen, zugelassen.

Schreiben Sie jeden Begriff auf ein Kärtchen, und ordnen Sie diese Kärtchen zu gedanklichen Landkarten. Dazu müssen Sie diese auf sinnvolle Weise ordnen, also Ähnliches zusammenlegen und Unähnliches weit voneinander entfernen. Die Beziehungen zwischen den Kärtchen werden dann mit beschrifteten Pfeilen verdeutlicht. Also: Pinsel, Farbe, Rolle, Abdeckfolie ... gehören zu Malerbedarf und Streichen.

Vielleicht kommen Sie auf diese Weise nicht nur zu einer richtigen Abfolge für die bevorstehenden Aufgaben Ihrer Renovierung, sondern haben auch eine ganze Reihe kreativer Einfälle, wie alles schneller, billiger und wesentlich streßfreier gemacht werden kann.

Stück für Stück oder: die Salami-Taktik

Oft scheitern wir an der Tücke des Objekts. Wir versuchen, das Regal eines bekannten Möbelhauses nach Anleitung aufzubauen, sind aber nach Stunden der Tüftelei noch immer so weit wie am Anfang. Wir sitzen vor unserem neuen Computer, wissen aber nicht wie er installiert wird.

Mit solchen und ähnlichen Schwierigkeiten schlagen wir uns ständig herum. Auch hier heißt es: Zeit und Nerven sparen. Dazu ist es zunächst einmal wichtig, die richtige Reihenfolge zu finden, wie wir das ja auch schon beim Autoproblem hatten. Die folgende Übung kann Ihnen helfen, solche Probleme richtig anzugehen.

Vorgehensweise

Wie finde ich die richtige Reihenfolge der Schritte bei kniffligen Problemen?

- Machen Sie eine Zeichnung, auf der die einzelnen Teile zur Lösung bildlich dargestellt sind. Mit einer guten Zeichnung kann man die Lösung schnell finden.
- Gute Zeichnungen sollten verständlich, möglichst vollständig und so skizzenhaft wie möglich sein. Mit ihrer Hilfe sollten sich die folgenden beiden Fragen beantworten lassen: Welche Möglichkeiten gibt es? Welche Schritte scheiden von vornherein aus?
- Versuchen Sie, die logische Beziehung zwischen den einzelnen Schritten herauszufinden.
- Lassen Sie die unwichtigen Einzelheiten aus, und konzentrieren Sie sich auf das Notwendigste.

Beim Anschluß Ihres Computers könnten Sie, wenn Sie mit der Anleitung alleine nicht klarkommen, wie folgt vorgehen:

1. Vergegenwärtigen Sie sich, welche verschiedenen Teile Sie haben, die zusammenarbeiten müssen, also der Monitor, der Drucker, das Modem, die Tastatur und der Computer selbst. Jedes dieser Geräte braucht eine eigene Stromversorgung und eine zweite Verbindungsleitung zum Computer oder zur Telefonsteckdose. Zeichnen Sie sich das auf, und stecken Sie die Kabel entsprechend.
2. Nun müßten Sie alle Geräte wenigstens starten können. Bei den meisten Computern ist die Betriebssoftware bereits installiert, bei anderen müssen Sie dies als erstes von einer mitgelieferten CD-ROM aus tun. Heute ist Ihr Vorgehen dabei meist menügesteuert, so daß Sie damit kaum Probleme haben dürften.
3. Und nun müssen Sie dieser Betriebssoftware in der Regel noch „sagen“, mit welchen externen Geräten wie Monitor, Drucker und Modem Sie arbeiten wollen. Der erste Schritt ist dann getan.

Umgehen mit komplexen Systemen

Wir wollen uns hier kurz der Frage zuwenden, wie wir mit den zunehmend komplexer werdenden Systemen, unserer Welt als „global village“, fertig werden? Welche Eignungen müssen wir als Mütter und Väter mitbringen, und was können wir dazulernen, um gravierende Fehler zu vermeiden und nicht unnötige Zeit zu vergeuden?

Je weiter die technische Entwicklung voranschreitet, um so stärker sind wir von komplexen Systemen umgeben, deren Steuerung häufig nicht einfach ist. Sie meinen, in einer Familie betrifft Sie das nicht. Weit gefehlt, denn das allgegenwärtigste komplexe System ist das Auto. Springt es nicht mehr an, merken wir, wie schwierig die Reparatur sein kann. Ein anderes, und in einem

Haushalt durchaus mehrfach vorhandenes komplexes System, ist die Steuerung der Temperatur in einem Zimmer. Heute nimmt sie uns in der Regel ein Thermostat ab; wenn zuviel Kälte von draußen einströmt, öffnet er das Heizventil; ist die Temperatur im Raum hoch genug, schließt er es wieder. Erst wenn der Thermostat ausfällt, müssen wir an seine Stelle treten.

Das dritte Beispiel für ein komplexes System in Haushalten ist der Computer. Es gibt eine Reihe an seriösen Studien, die eine deutliche Zunahme der Telearbeit und des Home-office voraussagen. Das betrifft auch Familien, die ja von solch einer Entwicklung auch profitieren könnten. Lange Wege werden vermieden, die Arbeitszeiten können der Situation flexibel angepaßt werden. Aber: Die zeitlichen Vorteile einer solchen Arbeit bringen es auch mit sich, daß die moderne und komplexe Bürotechnik mit Fax, ISDN und PC plötzlich zum Standard in einem Haushalt wird.

Wer so schon ausgerüstet ist, weiß, daß man die gewonnene Zeit sehr schnell doppelt und dreifach drauflegt, um mit der Steuerung, Überwachung und Planung seiner eigenen Arbeitsumgebung fertig zu werden. Wir merken bei vielen Geräten erst, wenn sie nicht so funktionieren, wie sie sollen, daß es sich um komplexe Systeme handelt, deren Steuerung und Handhabung durchaus nicht einfach ist. Nicht nur unter diesem Zeitaspekt bergen die modernen und zukunftsweisenden Arbeitsformen für die Familien auch ungeahnte Risiken.

Was tun? In der Regel rufen wir einen Automechaniker, einen Elektriker, einen Heizungsbauer oder einen PC-Spezialisten, der möglichst schnell das Problem für uns beheben soll. In punkto Zeitersparnis wird Ihnen auch nichts anderes übrigbleiben, es sei denn, Sie werden selbst zum Experten für Ihre Heizung oder Ihren PC. Die Lösung, Schwierigkeiten den Experten zu überlassen, ist aber gerade in Haushalten nicht immer die beste.

Zumindest auf einer oberflächlichen Ebene lohnt es in der Regel, sich mit komplexen Systemen vertraut zu machen, sei es durch Schulungen oder Erfahrungen, durch Ausprobieren und Herumknobeln. Das kostet Sie zunächst Zeit, spart aber häufig genug im Ernstfall wieder viel Zeit und Nerven ein.

Wer weiß, wie man einen streikenden PC mit ein paar Handgriffen wieder zum Laufen bringt, hat nicht nur ein Erfolgserlebnis, sondern auch viel Zeit mit sinnlosem Warten auf den Spezialisten eingespart.

Wie es weitergeht

In einer immer komplexer werdenden Welt verbringen wir sehr viel Zeit damit, Probleme zu lösen, mit Überforderung umzugehen oder uns in komplexen und schwierigen Situationen richtig zu verhalten. Wir werden mit Informationen geflutet, müssen auswählen und uns selbst einen Reim auf die Dinge machen, um nicht zuviel Zeit mit Nebensächlichkeiten zu vertun. Problemlösen kann aber auch Spaß machen, uns herausfordern und uns geistig fit halten. Wir beteiligen uns an der Welt, in der wir leben, und merken darüber hinaus, wie vieles wir einfacher und schneller machen können.

Mit System durch das Chaos

Eine der wichtigsten Regeln Zeit zu sparen ist, Tag für Tag neu zu strukturieren. Dies geht nur, wenn Sie dem täglichen Chaos, der Hektik und dem Streß die rote Karte zeigen und sich selbst wie Münchhausen aus dem Sumpf ziehen. Selbstbeherrschung und Disziplin brauchen Sie, um die täglichen Aufgaben planmäßig über den Tag zu verteilen. Diese innere Ordnung hilft, nur noch nützliche und sinnvolle Handlungen zu übernehmen und allen Zeitballast abzuwerfen.

Mit Plänen Zeit gewinnen

Oft sind wir selbst unser größter Zeitfresser. Denken Sie noch einmal an die Landkarte Ihrer persönlichen Anforderungen aus dem ersten Kapitel. Wenn Sie sie mit dem, was Sie bisher über Zeitersparnis wissen, vergleichen, werden Sie Bereiche finden, die Sie voll in Beschlag nehmen, und andere, die wie weiße Flecken brach liegen. Und dabei sind es in der Regel nicht die äußeren Zwänge oder Rollenerwartungen, die Sie in diese zeitliche Schieflage bringen, sondern Ihre Probleme, die Zeit richtig auf die einzelnen Bereiche zu verteilen.

Die planmäßige Verwaltung und Einteilung von Zeit mit dem Ziel, Zeit zu gewinnen, scheint auf den ersten Blick voll und ganz auf den Berufsalltag zugeschnitten zu sein, wo feste Planungen und Termine ein unbedingtes Muß sind und auch eingehalten werden können. Sie scheint dem teilweise doch recht chaotischen, flexiblen und kreativen Familienalltag mit Kindern starre Zeitfesseln anzulegen und keinerlei Vorteile zu bringen.

Außerdem kann man dieser Form des Zeitmanagements vorwerfen, daß jeder Tag und jede Stunde bis zum Bersten vollgestopft werden und man statt weniger nur noch mehr zu tun bekommt.

Lassen Sie uns zunächst das letzte Argument entkräften:

Das Ziel von Tages-, Monats- oder Jahresplänen ist, die an einem Tag nötigen Handlungen und Tätigkeiten nach Wichtigkeit einzustufen und dann auf die zur Verfügung stehende Zeit zu verteilen.

Dabei wird auf günstige Zeitpunkte für bestimmte Tätigkeiten ebenso Wert gelegt wie auf den kräfteschonenden Einsatz Ihrer körperlichen und geistigen Ressourcen. Mit anderen Worten: Sie sollten festlegen, was Sie an diesem Tag erledigen wollen, müssen und können sowie Ihre Kräfte darauf konzentrieren, um Zeitreserven zu schaffen. Was Sie dann mit dieser Zeit anfangen wollen, bleibt Ihnen überlassen.

Tagesplanung ... aber wie? – Eine Übung

Entscheidend ist zunächst, daß die Planung schriftlich erfolgt, und zwar jeden Tag zu einem festgelegten Zeitpunkt. Wann das ist, und wieviel Zeit Sie dafür verwenden wollen, können Sie frei bestimmen. Die Vorteile dieser schriftlichen Fixierung liegen auf der Hand: Erstens erhält man einen Überblick und kann sein Gedächtnis entlasten, zweitens wirkt der Tagesplan wie eine Art Vertrag und damit äußerst motivierend, und drittens kann man sich selbst auf diese Weise besser kontrollieren. Zudem läßt sich auch konkret nachvollziehen, was geklappt hat und was nicht.

In einem ersten Schritt werden, wie im Crashkurs auf Seite 25-34 angesprochen, alle Tätigkeiten in solche erster, zweiter und dritter Klasse eingeteilt. Alle Aufgaben erster Klasse, sogenannte A-Aufgaben, sind wichtig. Zu ihnen gehören natürlich alle Verpflichtungen gegenüber Ihrer Familie und/oder Ihrem Arbeitgeber. Außerdem sind Sie für diese Art von Aufgaben ganz allein verantwortlich und können sie nicht auf andere übertragen. Würden Sie diese Aufgaben verschieben, könnte Ihnen und Ihrer Familie daraus auch ein Schaden entstehen.

Mit Hilfe dieser Kriterien sollten Sie sich nun einmal Gedanken machen, was genau in Ihrem Fall zu diesen Anforderungen großer Wichtigkeit gehört und was nicht. Gehen Sie anhand der geistigen Landkarte aus dem ersten Kapitel Ihre persönlichen Bereiche durch, und fragen Sie sich kritisch, was Sie delegieren, was Sie auf andere Zeiten verschieben und auf was Sie ganz verzichten können. Was nach dieser Sichtung noch übrigbleibt, sollten Sie in eine Liste eintragen. Das sind Ihre wichtigen, nicht zu delegierenden Aufgaben.

Weniger wichtige Aufgaben oder auch B-Aufgaben sind solche, die Sie abgeben können oder deren Erledigung sich auch verschieben läßt wie beispielsweise das Bügeln, das Flicken und Ausbessern der Wäsche, Teile der Kinderbetreuung ... Gehen Sie Ihre persönliche Bereichskarte noch einmal von vorne durch, und überlegen Sie genau, was Sie abgeben könnten. Diese Aufgaben schreiben Sie auf ein anderes Blatt Papier.

Und nun zu den Aufgaben mit dem geringsten Wert. Die C-Aufgaben sind meist Routinearbeiten wie Abwaschen, Aufräumen, Putzen, Telefonieren, Korrespondenz ..., die oft den größten Anteil an der Gesamtmenge der Arbeit einnehmen und eigentlich, wenn es denn möglich wäre, komplett delegiert werden müßten. Auch diese notieren Sie auf einem neuen Blatt Papier.

Diese Einteilung bedeutet aber nicht, daß Sie alle „unwichtigen" Aufgaben sein lassen sollen (was wohl zu einem ziemlichen Chaos führen würde), sondern daß Sie zunächst einmal sehen, wo die Schwerpunkte Ihrer Arbeit jetzt liegen. Sie werden feststellen, daß Sie sehr viel Zeit für die unwichtigen Tätigkeiten verbrauchen und nur wenig Zeit für die wirklich wichtigen übrig haben.

Ihr Ziel sollte sein, dieses unausgewogene Verhältnis in ein dem Tag angemessenes Gleichgewicht zu bringen und Prioritäten zu setzen.

Rund um die Uhr

Werfen wir doch einmal einen Blick in den Familienalltag. Wir ziehen einfach eine normale Stunde während des Tages als Beispiel heran. Zumeist herrschen hier, was die Zeiteinteilung angeht, chaotische Verhältnisse. Immer wieder werden wirklich wichtige Aufgaben, wie Kochen, von anderen unwichtigen Aufgaben – den Mülleimer raustragen, die Zimmer der Kinder aufräumen und ans Telefon gehen – unterbrochen. Dabei kommt es häufig bei den wichtigen Aufgaben zu Schwierigkeiten: Das Kartoffelwasser kocht über, und das Fischfilet brennt an. Der ganz normale alltägliche Wahnsinn.

Wenn wir die hier aufgeführten Tätigkeiten einmal genauer unter die Lupe nehmen, dann sehen wir, daß anspruchsvolle Tätigkeiten, die Aufmerksamkeit und Konzentration verlangen, durchaus rasch und zufriedenstellend für alle erledigt wären, wenn sie nicht immer wieder von anderen, weniger wichtigen Aufgaben gestört würden. Also müßte das Ziel sein, die Störungen durch B- und C-Aufgaben so gering wie möglich zu halten. Dazu gibt es in unserem Beispiel verschiedene Möglichkeiten:

1. Das Telefon wird in dieser Zeit vom Anrufbeantworter bedient, die Rückrufe erfolgen zu einem günstigeren Zeitpunkt, und der Mülleimer bleibt eben einfach voll.

2. Die Mutter könnte sich überlegen, ob es nicht eine bessere Zeit gibt, zu der Sie Ihre wichtigen Aufgaben erledigen kann. Läßt sich die Essensvorbereitung auf eine etwas frühere Zeit verlegen, zu der die Störungen noch nicht so massiv sind? Lassen sich unwichtige Aufgaben wie den Mülleimer raustragen vorher erledigen oder verschieben?

Alle anspruchsvollen Arbeiten, die Konzentration und Aufmerksamkeit verlangen, sollten Sie in jedem Fall auf den Vormittag legen. Ein wenig hängt das von Ihrer biologischen Leistungskurve ab, wie wir Sie auf den Seiten 85-98 besprochen haben. Zu dieser Zeit sind nicht nur Ihre grauen Zellen am fittesten, sondern Sie haben nach dem Nachtschlaf auch noch genügend Energie, um große Aufgaben mühelos zu bewältigen.

Das Richtige zur richtigen Zeit tun

„Das Richtige zur richtigen Zeit tun“, darum also geht es. Und nun werden Sie sicherlich erkennen, daß diese Zeitplanungsinstrumente nicht nur für vielbeschäftigte Manager, Freiberufler oder Firmeninhaber nützlich, sondern auch für Mütter und Väter mit Fulltime- oder Teilzeitjobs, Alleinerziehende oder Hausfrauen ideal sind.

Für einen freiberuflich tätigen Vater mit Familienverantwortung bedeutet diese Einteilung, daß seine Arbeit und die Kinder wichtige Tätigkeiten, also Klasse-A-Aufgaben sind, die er sowohl auf den Morgen als auch auf den späten Nachmittag zu legen hat. Unwichtigere Aufgaben dagegen – wie beispielsweise Ablage, Korrespondenz, Bügeln oder Wäschewaschen – sollten entweder delegiert oder auf Zeiten verschoben werden, zu denen solche Routinearbeiten möglich sind, also etwa die frühen Abendstunden oder die Mittagszeit. Häufig ist im Alltag aber genau das Gegenteil zu beobachten: Routinetätigkeiten werden einerseits nicht delegiert und zudem noch zu Zeiten ausgeführt, zu denen nur die wirklich wichtigen Aufgaben erledigt werden sollten. Wer also morgens bügelt, die Kinderzimmer aufräumt, putzt oder viel telefoniert braucht sich nicht wundern, wenn er am Abend feststellt, daß er nur einen Bruchteil der wirklich wichtigen Aufgaben geschafft hat.

Die leidige Disziplin

Eine wichtige und unumstößliche Voraussetzung für dieses Vorgehen anhand von Tagesplänen ist die Disziplin. Ziel der Zeitersparnis ist, daß Sie sich jeweils nur einer wichtigen Aufgabe widmen, aber das mit Einsatz, Spaß, Aufmerksamkeit und Konzentration, und sich nicht durch viele andere, unwichtigere Dinge ablenken lassen.

Das setzt aber voraus, daß Sie für die B- und C-Aufgaben bewußt Lösungen finden und sie nicht einfach schleifen lassen, denn sonst bricht schnell das Chaos über Ihnen zusammen.

Disziplin bedeutet, daß Sie eine Umstellung Ihres Tagesablaufs auch wirklich wollen.

Machen Sie sich Gedanken, welche Aufgaben an welchen Tagen wichtig sind, welche Chancen auf Delegation Sie haben und was zeitlich anders gelegt werden kann. Vermeiden Sie ständige Störungen bei den wichtigen Aufgaben, damit Sie am Ende mit dem Ergebnis auch zufrieden sein können.

Im Familienalltag verzetteln sich viele Mütter und Väter zwischen wirklich wichtigen und denkbar unwichtigen Erledigungen. Sie fühlen sich dann häufig überfordert, und darüber hinaus bleibt der durchaus richtige Eindruck, wie Sisyphos gegen einen nicht enden wollenden Berg anzukämpfen. Richtiger ist es daher, sich jeweils nur einer Sache zu einer bestimmten Zeit zu widmen, und zwar mit voller Konzentration, Einsatz und Spaß bei der Sache. Aber halt! Erst müssen Sie festlegen, welcher Aufgabe Sie sich widmen wollen. Daher wird in Tagesplänen zuerst festgelegt, welche Tätigkeiten dringend sind, welche Sie delegieren können und welche nun wirklich noch liegenbleiben können. Dann wird nach Lösungen gesucht, wie man Wichtiges und Unwichtiges in die Balance bringt. Aber: Ohne Disziplin geht es nicht!

Brigitte Wilmes-Mielenhausen
Paar bleiben
mit Kind
Das Partnerschafts-Buch für Eltern
Christophorus
ELTERN

Salomé Widmer
Selbstbestätigung
tut gut
Das Motivations-Buch
für Eltern
Christophorus
ELTERN

Thomas Kopal
Mehr Zeit
für mich
Das Zeitmanagement-Buch
für Eltern
Christophorus
ELTERN